i grandi libri Garzanti

Vita nuova

Dante Alighieri

Vita nuova

Introduzione di Edoardo Sanguineti
Note di Alfonso Berardinelli

Garzanti

I edizione: gennaio 1977
VII edizione: settembre 1989

Dante in una incisione dal frontespizio del « Convivio » nell'edizione (1521) pubblicata a Venezia da Giovanni Antonio da Sabbio.

La vita

Dante Alighieri nacque a Firenze nel 1265. Figlio di Alaghiero degli Alaghieri e di Bella, apparteneva a una famiglia della piccola nobiltà guelfa fiorentina, di scarse risorse economiche. Ciò non gli impedì, nella sua giovinezza, di frequentare la vita elegante e « cortese » della sua città e di attendere a buoni studi, come quelli di arte retorica intrapresi sotto la guida di Brunetto Latini. Soltanto a se stesso invece Dante rivendica l'apprendistato poetico, grazie al quale si legò in amicizia con quei poeti stilnovistici che condividevano il suo ideale di vita raffinato e aristocratico: Guido Cavalcanti, Lapo Gianni e, più tardi, Cino da Pistoia. Nel 1295 si sposò con Gemma di Manetto Donati, con cui era fidanzato per volontà paterna fin dal 1277 e da cui ebbe tre o quattro figli. Al 1274 risale il suo primo incontro con Beatrice, il cui vero nome era Bice di Folco Portinari, sposatasi poi a Simone de' Bardi e morta nel 1290. Di questo amore, cantato nelle *Rime* e nella *Vita nuova* con sublimazione stilnovistica, pochi sono i fatti accertati: sembra però che la morte di Beatrice lo abbia gettato in una profonda crisi religiosa e che da questa si sia risollevato dedicandosi agli studi. L'attività filosofica e il travaglio speculativo che ne seguì, oltre a rafforzare la sua cultura, lo guidarono a un culto appassionato della verità e della giustizia, che si tradusse eticamente in una decisa coscienza politica. Dopo aver preso parte (1289) alla battaglia di Campaldino contro i Ghibellini d'Arezzo e, poco dopo, al vittorioso assalto al castello Pisano di Caprona, dal 1295 Dante partecipa attivamente alla vita politica fiorentina, iscrivendosi alla corporazione dei medici e degli speziali (in seguito agli ordinamenti di Giano della Bella, iscriversi a una corporazione era l'unico mezzo consentito ai nobili non magnati di prender parte al governo del comune). Firenze era allora preda di feroci lotte fra due fazioni guelfe: i Bianchi, che perseguivano una politica di autonomia e che erano capeggiati dalla famiglia dei Cerchi, e i Neri, legati da interessi mercantili al papato e guidati dalla famiglia dei Donati. Per quanto Dante si sforzasse di restare al di sopra della mischia, le manovre di papa Bonifazio VIII lo spinsero a schierarsi coi Bianchi. Nell'ottobre del 1301, infatti, il papa inviava a Firenze Carlo di Valois, col falso scopo di paciere, in realtà per debellare definitivamente i Bianchi. Dante, che pochi mesi prima faceva parte del consiglio dei Cento e l'anno precedente era stato priore di Firenze, fu inviato insieme a due altri ambasciatori presso Bonifazio VIII nel tentativo di placarlo. Da allora non avrebbe più rivisto la sua città: mentre si trovava a Roma dal pontefice, Corso Donati e i Neri si impadronivano di Firenze e iniziavano una feroce repressione degli avversari politici. Accusato di baratteria, concussione e opposizione al papa e a Carlo di Valois, Dante fu invitato a discolparsi dalle accuse, ma rifiutò di farlo e non si presentò. Il 10 marzo del 1302 gli furono confiscati i beni, la multa e l'interdizione perpetua dai pubblici uffici, inflittegli precedentemente, commutate in condanna al rogo. Nei primi tempi del suo esilio Dante cercò di collegarsi agli altri fuoriusciti, ma disgustato poi dalla loro inefficienza si isolò, rassegnato a cercare una decorosa sistemazione per sé e per la famiglia presso le corti dell'Italia settentrionale. Fu a Verona, presso Bartolomeo della Scala, nel trevigiano, da Gherardo da Camino e, nel 1306, in Lunigiana, alla corte dei Malaspina. Sono anni di intenso lavoro: oltre alla *Commedia*, scrive il *Convivio* e il *De vulgari eloquentia*. Nel 1310 la discesa in Italia di Arrigo VII, imperatore del Sacro Romano Impero, gli riaccende la speranza di un suo ritorno a Firenze. Lo attestano le epistole che Dante scrive a vari principi italiani, per esortarli ad accogliere colui che, a giudizio suo, avrebbe pacificato la penisola dilaniata da guerre fratricide. Ma nel 1313, Arrigo VII, dopo aver assediato invano Firenze per più di un mese, muore improvvisamente a Buonconvento e con lui si spegne la speranza dell'esule. Verso il 1315 Dante fu ospite di Cangrande della Scala, presso cui si trattenne probabilmente cinque anni. Si ignorano i motivi che lo spinsero poi a lasciare Verona per Ravenna, dove fu ospite di Guido Novello da Polenta e dove, in seguito a una malattia contratta di ritorno da un'ambasceria a Venezia, morì nel settembre del 1321.

Le opere

Opere minori Secondo parte della critica più recente, le prime fatiche letterarie di Dante sarebbero il *Fiore*, parafrasi

sonetti delle parti narrative del *Roman de la Rose*,
Detto d'amore, poemetto didattico in distici di set-
nari in volgare. Restando tuttavia la paternità dub-
a e contestata, la prima opera certa deve conside-
rsi la *Vita nuova* (1292-93), composta di rime (25   « *Vita nuova* »
netti, 4 canzoni, 1 ballata, 1 stanza di canzone) e
capitoli in prosa poetica, cui è affidata la duplice
nzione di svolgere l'itinerario autobiografico da cui
scono i versi e di commentarli retoricamente. L'esile
:enda s'incentra intorno a un'esperienza d'amore
:ealizzata, quella del poeta per Beatrice, che Dante
.rra d'aver incontrato la prima volta a nove anni e
aver rivisto soltanto nove anni dopo, quando salu-
ndolo l'aveva lasciato smagato e confuso. Da questi
contri si snoda l'intimo memoriale, dapprima pro-
no e « cortese », poi sempre più agiografico, finché
morte di Beatrice non trasforma l'amata e quel-
.more in mito cristiano, in Amore assoluto e mezzo
elevazione a Cristo. L'opera, che oltre tutto con-
ne alcune tra le liriche più belle del poeta (da
onne ch'avete intelletto d'amore al sonetto *Tanto
ntile e tanto onesta pare*), segna già un netto di-
acco dalla scuola dello stilnovo, sia per il fervore
ligioso che la pervade e anticipa la *Commedia* sia
r la padronanza espressiva da cui è sorretta nono-
ante i manierismi retorici della scuola.[1] Oggi si tende   « *Rime* »
parlare di *Rime*, e non più di *Canzoniere*, per la
oduzione poetica e stravagante, che Dante mai ten-
di raccogliere in un corpus unitario e che com-
ende, oltre alle rime escluse dalla *Vita nuova* (circa
componimenti), tutte le esperienze succedanee allo
lnovismo. Alle prime vanno aggiunte le rime gio-
nili, di impronta cavalcantiana, mentre le seconde
possono schematicamente distinguere in alcuni grup-
quelle amorose per la « donna gentile » (cantata
che nella *Vita nuova* e nel *Convivio*), probabile
ura allegorica della filosofia; un insieme di ballate
canzoni dedicate a una certa « pargoletta », in cui
continua e si approfondisce stilisticamente l'espe-
nza stilnovistica; le rime « petrose » (per una donna
tta Pietra per la durezza del suo cuore), caratte-
:zate da uno stile aspro e raffinato, di derivazione
ovenzale, che raggiunge vertici di intenso vigore
ressivo, come nella canzone *Così nel mio parlar
glio esser aspro* e nella sestina *Amor, tu vedi ben
e questa donna*; la tenzone di 4 sonetti con l'amico
rese Donati, che col suo tono burlesco e osceno
orda le malebolge dell'*Inferno*; infine, le liriche

Per una guida alla lettura del testo si rimanda allo studio di
nguineti a pag. xv.

dottrinali, con le quali siamo già nell'atmosfera sp
rituale e morale del poema maggiore: ricordiamo
bellissima canzone allegorica *Tre donne intorno*
cor, composta forse nei primi anni dell'esilio. Il *Co*

« *Convivio* »

vivio, scritto tra il 1304 e il 1307, è un'opera in ve
gare di alta divulgazione dottrinaria, che avrebbe d
vuto essere composta di 15 trattati, uno di introd
zione generale e gli altri di commento ad altrettan
canzoni del poeta stesso. In realtà Dante scrisse so
tanto i primi 4, quello introduttivo e i seguenti cl
chiosano rispettivamente le canzoni *Voi che 'nte*
dendo il terzo ciel movete, Amor che nella mente r
ragiona e *Le dolci rime d'amor ch'io solìa*. Scop
dichiarato del libro è quello di render partecipi al
« beata mensa » della cultura e della scienza anti
e contemporanea anche coloro che per motivi fam
liari e civili ne fossero stati esclusi. Rivolgendo
quindi, non soltanto ai dotti e ai religiosi, ma al pu
blico più vasto degli uomini civilmente impegnati
assetati di sapere, Dante scrive profeticamente in ve
gare di argomenti scientifici e filosofici di solito tra
tati in latino, ed esalta il nuovo mezzo espressiv
La materia del libro appartiene alla cultura del te
po, alla filosofia scolastica, che, attraverso S. Tor
maso e Alberto Magno, intendeva conciliare la do
trina aristotelica con la verità della rivelazione cr
stiana, ma Dante la improntò del suo entusiasm
morale e della sua passione intellettuale, sviluppan
soprattutto alcuni temi centrali, come quelli dell'es
tazione della filosofia e della nobiltà. Il volgare il
lico, di cui Dante aveva tessuto l'elogio nel *Conviv*
diventa materia di studio scientifico nel trattato latin

« *De vulgari*
eloquentia »

De vulgari eloquentia, progettato in 4 libri nel 130
ma interrotto nel 1305 al quattordicesimo paragra
del secondo libro. Nel primo si tratta dell'origine d
linguaggio, dapprima con la lingua ebraica comune
tutti gli uomini, e di come dalla confusione di Babe
si generassero tre lingue, la greca, la germanica
una terza propria dell'Europa meridionale, da cui
sua volta nacquero tre idiomi volgari, il provenzal
il francese e l'italiano. Attraverso l'analisi dei va
dialetti italiani, raggruppati con sagacia dialettologic
in quattordici tipi, Dante cerca di fissare i criteri
un « volgare illustre » inteso come lingua unitaria
ideale, capace di imporsi nelle più alte espressio
d'arte e di cultura. Nel secondo libro, Dante dim
stra che al volgare illustre si addicono soltanto
materie più nobili (armi, amore, virtù) e che tali m
terie si possono trattare soltanto con lo stile più alt
cioè in tragico, e con la forma metrica della canzon

Posteriore senz'altro al *Convivio* e al *De vulgari elo-quentia*, il trattato latino in 3 libri, la *Monarchia*, è difficilmente databile. L'opinione prevalente è che ri-salga agli anni della discesa di Arrigo VII in Italia (1310-13). E' l'opera più organica, e la più moderna nella soluzione, di tutti i trattati di Dante, appassio-nata e logica nel rigore razionale in cui lo scrittore persegue la sua utopia politica. Nel primo libro si dimostra che la monarchia universale è necessaria al benessere degli uomini come unica garante della pace e della giustizia nel mondo. Nel secondo, Dante so-tiene che la suprema autorità imperiale spetta di di-ritto al popolo romano. Nel terzo infine è affrontato il problema più drammatico e attuale dell'epoca, quello del rapporto intercorrente fra imperatore e pontefice, che il poeta risolve affermando che le due potenze sono autonome derivando entrambe da Dio, così che né l'autorità pontificia né l'autorità imperiale possono o devono accampare, l'una su l'altra, diritti di preminenza e di giurisdizione. Profondamente me-ditata e sentita, serrata e violentemente appassionata nelle argomentazioni, la *Monarchia* rivela il profondo senso di giustizia e l'ansia di libertà che il poeta, esule, provava, e il bisogno di raccogliere e chiari-ficare trattatisticamente quella stessa concezione po-litica che anima più immediata molte parti della *Commedia*. A tutt'altra temperie riporta la composizione delle 2 *Egloghe* latine di tipo virgi-liano, composte tra il 1319 e il 1320, rispettivamente di 68 e 97 esametri, entrambe in risposta al maestro di latinità dell'università di Bologna, Giovanni del Virgilio, che lo aveva rimproverato dell'adozione del volgare per un poema di così alta materia. Nella prima, Dante risponde di attendere la gloria proprio dall'opera intrapresa, e in particolare dal *Paradiso*. Nella seconda, rifiuta il cortese invito del suo corri-spondente di recarsi a Bologna. Per quanto riguarda la *Questio de aqua et terra*, pervenutaci soltanto at-traverso una stampa cinquecentesca ma sicuramente opera di Dante, si tratta di una tesi filosofica letta a Verona nel gennaio del 1320 alla presenza del clero e rivolta a dimostrare che le sfere dell'acqua e della terra non sono concentriche. Scritte tra il 1304 e il 1319 circa, le 13 *Epistole* latine a noi pervenute sono esempio di eloquenza retorica, secondo i dettami dell'*ars dictandi* medievale, e di padronanza letteraria, avvivata dall'impeto morale, dalla passione politica e da una fede incrollabile. Importanti sono soprat-tutto le 3 epistole scritte per la discesa di Arrigo VII. L'epistola, bellissima, è indirizzata a Cangrande della

« *Monarchia* »

« *Egloghe* »

« *Epistole latine* »

Scala: inviatogli in dono il *Paradiso*, Dante gli espo
le idee, la struttura, il significato allegorico e le fin
lità del suo poema.

« *La divina*
commedia » Nella epistola a Cangrande della Scala, è Dante ste
so a spiegare perché chiamasse il suo poema *Co*
media, il cui appellativo *divina* fu indebitamente pr
messo nel 1355 da Ludovico Dolce, influenzato
un passo della biografia dantesca di Boccaccio:
titolo è giustificato in ossequio alle categorie de
retorica medievale, dal fatto che l'opera inizia c
una visione cupa e amara e termina felicemente,
treché dal fatto di essere composta nell'umile st
del volgare. Sempre nella stessa lettera, Dante esp
cita le finalità pratiche e oratorie, di insegnamen
dottrinale e morale, che stanno all'origine dell'ope
e che spinsero l'autore a scrivere in italiano e a se
virsi di un metro popolare come la terzina del s
ventese, per raggiungere il pubblico più vasto pos
bile. La rappresentazione fantastica del viaggio
della visione dell'oltretomba, intesa come autenti
esperienza di liberazione dal peccato, è giustificata
sottomessa alla sua funzione etica, alla verità che
gioco delle allegorie lascia trasparire. Quanto alla cr
nologia del poema, a lungo dibattuta, la critica si
indirizzata con verosimile approssimazione a consi
rare l'*Inferno* iniziato intorno al 1307, il *Purgato*
compiuto prima del 1316 e il *Paradiso* steso tra
1316 e il 1321. L'opera consta di 14.233 versi en
casillabi ed è suddivisa in 100 canti, raggruppati in
cantiche: 34 canti l'*Inferno*, che ne ha uno di più,
proemio all'intero poema, e 33 ciascuna delle al
due. Attraverso questi tre regni, Dante da prota
nista, accompagnato dall'ombra di Virgilio per i pri
due e poi da Beatrice, compirà il viaggio, che lo pr
terà dalla conoscenza del male all'acquisizione
Bene Sommo, che è la visione di Dio. L'idea del vi
gio oltremondano e le figurazioni fantastiche dell'
dilà non sono nuove alla letteratura classica e n
dievale, dal libro di *Daniele* del Vecchio Testame
all'*Apocalisse* di S. Giovanni, dal VI libro dell'*Ene*
virgiliana al *Somnium Scipionis* di Cicerone e ai r
conti infernali delle *Metamorfosi* ovidiane, dalla *N*
vigatio sancti Brandani alla *Visio Tundali*, al *P*
gatorio di *S. Patrizio*, ai poemetti di Giacomino
Verona (*De Jerusalem celesti*, *De Babilonia civit*
infernali) e di Bonvesin de la Riva (*Libro de le*
scritture). Ma la potente fantasia dantesca impedi
di considerare siffatti precedenti, in specie i testi m
dievali, come vere e proprie fonti. Il gusto e l'in
lettualismo medievali, tuttavia, sono presenti in me

spetti espressivi del poema: nel gioco, per esempio,
ei parallelismi e delle simmetrie, che lo chiudono
in una rigorosa struttura, ritmata dai numeri-simbolo
el 3 e del 10 (il primo è simbolo della Trinità, l'altro
ella perfezione) e dai loro multipli. Ma tale struttura,
veramente controllata, non disturba, bensì sorregge
immaginazione mirabile del poeta, nella varietà del-
pene e dei paesaggi, nelle continue e mutevoli ap-
arizioni di personaggi umanissimi come Francesca,
arinata, Pier delle Vigne, Brunetto Latini, il conte
golino e altri che, tra la folla dei peccatori e dei
emoni, si stagliano nell'*Inferno* a dialogare con Dan-
continuamente implicato nelle loro passioni. Se
Inferno è la cantica più drammatica, rutilante e
ovimentata, nel *Purgatorio* predominano i toni ele-
aci e nostalgici, i colori tenui della mestizia e del
olore che redime; dal coro dolente e sospiroso dei
eccatori non emergono più i lividi simboli della di-
erazione perenne, ma rassegnate e come velate crea-
re quali Casella, Manfredi, Belacqua, Sordello, Ma-
lda, che il poeta affettuosamente disegna. Nell'atmo-
era immateriale del *Paradiso*, infine, si stemperano,
a visioni ineffabili ed estatici rapimenti, i gorghi
multuosi della natura umana, ma non l'umanità e
concretezza dei sentimenti. E' la cantica di Beatrice,
mai beatificata, guida amorosa e teneramente solle-
ta dei misteri di Dio, di Cacciaguida e di Romeo
Villanova, in cui vibra la nostalgia della patria e
rammarico per l'esilio immeritato. Ma è anche la
ntica del suo riscatto: la sorte personale di Dante,
aletticamente contrapposta nei tre regni alle innu-
erevoli vicende altrui, raggiunge la catarsi. Al poeta,
tima dell'ingiustizia e dei disordini degli uomini,
etta il compito di rivelare le verità divine e il fu-
ro avvento di un mondo giusto. Le invettive, le po-
miche, i recisi giudizi, le dure condanne di uno spi-
o forte, sempre impegnato e attento alla realtà del
o tempo, si placano nell'ardore profetico, nella con-
pevolezza di una pace meritata e di una missione
mpiuta. Al complesso intrecciarsi dei temi e alla
livalenza dei significati trova esatta corrispondenza
prodigiosa varietà dei mezzi espressivi da Dante
piegati, ricorrendo a tutte le esperienze tecniche
stilistiche in suo possesso, piegando il linguaggio a
primere le sfumature più sottili e i concetti più ar-
i. Nell'inflessibile intelaiatura della terzina a rima
catenata, la poesia di Dante elabora continue solu-
oni: dai più audaci neologismi alle forme dialettali,
latinismi più crudi, dalla mimesi della lingua par-
a a tutte le risorse dell'arte retorica, che fanno del

poeta e della sua opera il grande capostipite di ogni
sperimentalismo poetico.

Fortuna La grandezza del poema dantesco fu subito sentita
della anche dai contemporanei. Pochi anni dopo la morte
« Divina del poeta la *Commedia* veniva letta in molte univer-
commedia » sità. Boccaccio commentava alcuni canti dell'*Inferno*
per incarico del comune di Firenze. Seguirono poi i
primi commenti completi: quello di Jacopo della Lana,
di un anonimo fiorentino denominato l'Ottimo, di
Francesco da Buti ecc. Con l'umanesimo prima e col
petrarchismo poi l'entusiasmo si affievolì. Anche la
critica classicistica del XVIII secolo, poco incline a
considerare le forme letterarie non canoniche, non
nutrì molta simpatia per Dante. Ma, rilanciato da
l'interpretazione vichiana, il culto della *Commedia*
risorse in tutta l'Europa romantica. Alfieri, Parini,
Foscolo, Leopardi, i letterati e gli uomini del Riso
gimento ne sentirono la forza poetica e la statura
ideale. Si promosse ovunque un'eccezionale fioritura
critica, che si prolunga sino ai nostri giorni con un
ritmo ininterrotto di edizioni, commenti, studi, letture: si ricordano, in Germania, K. Witte, K. Bartsch,
T. Paur, F.S. Wegele, K. Vossler, E. Auerbach; in
Inghilterra, H.C. Barlow, E. Moore, P. Toynbee, T.S.
Eliot; negli Stati Uniti, H. W. Longfellow, J.R. Lowell,
E.H. Wilkins; in Francia, P. Hazard, E. Gilson, A.
Renaudet. In Italia, punto fondamentale della critica
dantesca rimane l'interpretazione di F. De Sanctis.
Contemporaneamente a lui, la cosiddetta scuola storica (Graf, Carducci, D'Ancona, Rayna ecc.) forniva
un immenso materiale esegetico e filologico. Nel 1888
fu fondata a Firenze la Società dantesca italiana, col
proposito di procurare il testo critico delle opere. Nel
1921, B. Croce, in polemica con la scuola storica,
richiamava gli studiosi al fatto espressivo, distinguen-
do, nella *Commedia*, la struttura dalla poesia. La critica più recente, sostanzialmente rifiutando la dico-
tomia crociana, si è volta, da una parte a uno studio
più rigorosamente stilistico e filologico delle opere,
dall'altra a recuperare la struttura allegorica del
poema come parte intrinseca della poesia dantesca.

R.

ιco frequentata, tra le chiavi di lettura disponibili
ːr la *Vita nuova*, e in verità particolarmente fertile
suggestioni, appare quella che scorga nel primo
ιro dantesco, in misura privilegiatissima, la proposta
una vera e propria teoria della lirica. E' soprattutto
questa prospettiva, a noi pare, e forse in questa
ιltanto, che trovano infatti esatta spiegazione il sal-
ιrsi dei diversi livelli del discorso, all'interno del vo-
ιme, e il giuoco bene strutturato dei tempi, e il con-
ιire di così eterogenee dimensioni letterarie: i versi
la prosa, dunque, in primo luogo; e la narrazione
ιme forma portante dei documenti poetici, dell'an-
ιogia da Dante estratta con accurato calcolo entro
selva incondita delle rime giovanili; e finalmente
ιncontro di leggenda agiografica e di commentario
ιtorico, che è ancora e sempre il più impressionante
ιnnubio, a immediata fruizione, per ogni lettore del
ιficile « libello » dantesco.

ːrto è possibile, e anche è giusto, insistere sopra la
ιalettica di « narrator » e di « narratum », per chi
ιbia sempre dinanzi alla mente l'essenziale sfondo
ιla *Commedia*: e sarà naturalmente determinante,
ιora, l'asse temporale del racconto, e paradigmatica
ι riguardo, per venire subito a un esempio decisivo,
ιscansione grammaticale dell'ultima pagina dell'ope-
ι, in cui passato e presente e futuro si manifestano
ιuna perfetta distribuzione delle parti (« apparve a
ι una mirabile visione... e di venire a ciò io studio
ιanto posso... se piacere sarà di colui a cui tutte
ιcose vivono... »). Ma una lettura schietta e spre-
ιdicata della *Vita nuova* sarà forse da alleggerirsi
ιeliminarmente, per quanto è possibile, del peso di
ι simile raffronto coatto: e non si tratta soltanto di
ιdeguatezza dell'esercizio, che è cosa al tutto paci-
ιa, quanto di radicale disparità dei generi. Se infatti
ι *Vita nuova* è davvero interpretabile, in primo luo-
ι, secondo la direzione che abbiamo indicato, ed è
ιndi giudicabile eminentemente in relazione al suo
ιpegno teorico, converrà subito dedurre che la dia-

lettica narrativa di base, comune ai due testi, p•
quanto capace in sé di ricondurli comunque a u•
non arbitraria omogeneità, pur nella chiara diversi•
dei loro esiti particolari, agisce poi, nei due casi, c•
intenzioni e in modi profondamente dissimili, e an•
al limite, assolutamente divergenti. Perché, nel prim•
caso, che è quello della *Vita nuova*, tale dialetti•
di base sarà in realtà la testimonianza di un'attenzio•
tutta riflessiva, e precisamente critica, e infatti stor•
camente consapevole e storicamente armata: medit•
ta esposizione di un senso, e interpretazione di •
linguaggio e del suo progressivo costituirsi entro l'ori•
zonte di una precisa civiltà letteraria, nel quadro •
una determinatissima cultura, e infine dichiarazio•
dell'ideologia in cui quel linguaggio ha trovato •
propria incarnazione concreta; ma nel secondo ca•
e maggiore, nella *Commedia*, sarà sintomo di u•
raggiunta correlazione costruttiva dinanzi al quad•
enciclopedico degli elementi convocati, come dinan•
a un materiale potenzialmente infinito, e meglio si •
tomo di una organica fusione dei dati formanti, •
nanzi alle cose vedute fedelmente registrate, per c•
la funzione « narrator » si risolve, e deve risolver•
consumata sino in fondo, nella funzione « narratum •
in un processo di conversione perenne. Ne deriva c•
nella *Commedia*, per intanto, in un simile regim•
di correlazione e di fusione, la dialettica narrati•
starà tutta, come è naturale, tra « libro » della m•
moria (« o mente, che scrivesti ciò ch'io vidi... »)•
« poema » in atto, e l'azione poetica, che sarà qua•
il vero soggetto della vicenda che si narra, consiste•
nello spettacolo offerto dalla transizione di quel•
in questo, del « libro » nel « poema », senza residu•
mentre nella *Vita nuova* l'« assemplare », esercita•
dosi sul medesimo « libro », avrà la mediazione e•
senziale degli esemplari poetici precostituiti, e pe•
tanto si articolerà fondamentalmente nella forma d•
l'esegesi: « narratum », diremo, come « expositio•
Le cose scritte nel « libro » sono di fatto, prima c•
altre, le vere « parole per rima », o comunque co•
già convertite in quelle parole. E la narrazione de•
Vita nuova sarà dunque cosa riflessa, di grado s•
condo, e crescerà sopra un terreno che è, pur n•
duplice giuoco aperto delle scelte e delle amplific•
zioni, determinato in anticipo: crescerà sopra i par•
grafi davvero « maggiori » del « libro », che sono g•
verso e canto. La dialettica narrativa, pertanto, co•
non è primaria né immediata, così nemmeno è ver•
mente costitutiva. La narrazione della *Vita nuov•
vogliamo poi dire, è programmaticamente servile, •

chiarativa: è, come precisamente avvertivamo sopra, teoria delle « parole per rima ». E la *Commedia*, per contro, se possiamo impiegare con un po' di coraggio una nozione sbrigativamente e scandalosamente anacronistica, ma forse non inefficace a illustrare la comparazione, e che rimarrà per poi da giustificarsi a parte, è corretto romanzo storico.

Il primo punto fermo sarà allora questo, per questa lettura: che nel « libello » giovanile la forma romanzesca è mero velo, continuamente infatti violentato e franto, di una sostanza saggistica, modo di un discorso teorico; che la *Vita nuova*, insomma, non è racconto lungo, ma ragionamento storico intorno a un'idea di poesia. Se il paragrafo inaugurale dell'opera, in apparenza, sta lì per contestare questo suggerimento interpretativo, bisogna dire che ciò è dovuto soltanto a un'abitudine ormai inerte: le parole scritte nella memoria sotto la « rubrica » del titolo (« *incipit vita nova* ») saranno da Dante trascritte dichiaratamente, in riduzione, registrate essenzialmente, criticamente, nella loro « sentenzia ». E le lacune confessate, in quel « trarre de l'essemplo », in vista di parole che stanno dunque nella memoria « sotto maggiori paragrafi », fanno della *Vita nuova*, non un vero libro memoriale, o una pacifica relazione di eventi, ovviamente scaricata di ogni « parlare fabuloso », come possono risultare certi indugi sopra certe « passioni » o « atti », ma davvero un « libello » tutto controllato funzionalmente, per una dichiarazione interpretativa e storica, di cui l'abito narrativo sarà sì la forma spontanea, per la più vasta superficie dell'opera, ma discontinua nella sua stessa razionalizzazione. Si illumineranno così per gradi, e in modi diversi, tra cronaca e emblema, poetica e polemica, le occasioni, le ragioni e le fasi di una carriera lirica che, non a caso proprio, si dichiara da ultimo interrotta, sospesa sopra un puntuale proponimento d'autore (« non dire più di questa benedetta infino a tanto... »). Il *Bildungsroman* di Dante sarà dunque veramente, se si vuole, storia di un'anima, e veramente romanzo, ma nella misura in cui è storia di un discorso lirico, ragionamento intorno a una poetica che ormai si confessa come insufficiente, si riconosce come inadeguata alle altissime ambizioni dello scrittore (« dicer di lei quello che mai non fue detto d'alcuna »). Senza tenere presente sempre alla mente tale dichiarazione e confessione, in vista della quale l'intero « libello » è composto, ci si trova di fronte a un volume che deve risultare al tutto incomprensibile. Perché, appunto, la *Vita nuova* è, prima di ogni altra

La « Vita nuova » come teoria e storia di una poetica

cosa, la teoria e la storia delle « nove rime »: una storia che approda al fermo congedo dell'autore da quell'ordine chiuso di così lunga esperienza umana e stilistica.

Bildungsroman, si diceva. Ma la *Vita nuova* è spiegabile, al sentimento dei moderni, come storia di una vocazione poetica, esattamente al modo in cui la *Commedia* è a sua volta spiegabile, in certo senso, come storia di una vocazione profetica, e non altrimenti. A misurare adesso la distanza che, dal sentimento dei moderni, separa il medievale « libello » di Dante, gioverà ormai altra considerazione: ed è che il lirismo di un Petrarca (qui da concepirsi, *nam exemplo est*, come prima figura di quel tale partecipabile sentimento) farà forza proprio su ciò che in Dante si colloca nell'area minore della cornice, per costituirsi lì come glossa, e maturare, per giunta, in una chiusa area topica: la *Buchmetaphorik* del « libro de la mia memoria ». Per una nota a piede di pagina, in un rinfrescato « parallelo » dei due maestri maggiori della nostra poesia, l'indizio così ricavato non sarà davvero trascurabile. Chi poi pensi che le due avventure liriche sono scandite egualmente sopra il momento terreno e il momento ultraterreno della donna celebrata, e partibili dunque geometricamente in vita e in morte, così di Beatrice come di Laura, potrà sviluppare il motivo con ogni larghezza. E troverà, proprio sul filo dell'analogia, il metro dell'incolmabile divergenza: che non sarà soltanto quella da determinarsi romanticamente, e psicologicamente, tra l'uomo nato « a fare » e l'uomo nato « a patire », ma piuttosto quella, tutta da calcolarsi obiettivamente, e magari sociologicamente, all'occasione, tra due tempi dell'eros e della cultura poetica occidentale: tra sospiri in cui amore colloca un'« intelligenza nova », così che essi possono salire « oltre la spera che più larga gira », e sospiri di cui il cuore si nutre in un tempo di « errore », consumandosi « fra le vane speranze e 'l van dolore ».

Si comprende allora che la serie di accadimenti su cui procede, come per medievali stazioni, la costruzione critica e narrativa della *Vita nuova*, sia serie di epifanie, sequenza di apparizioni. Ed è sopra l'« apparimento » della « gentilissima » che viene appunto decisa l'inaugurazione del « libello » (« a li miei occhi apparve prima la gloriosa donna de la mia mente... quasi dal principio del suo anno nono apparve a me... apparve vestita di nobilissimo colore... »), con un'insistenza tematica e verbale, in triplice emergenza, che non ha nulla di fortuito. Ed ecco infatti raccogliersi *in limine*, a moltiplicare la forza di decisione di tale « apparimento », la simbologia numerale (« nove fiate già... dal principio del suo anno nono... da la fine del mio nono... »), appoggiata dapprima, nel *circuitus* della *descriptio temporis*, sopra la « girazione » del « cielo de la luce », e comunque sostenuta sempre da solenni misure astronomiche (« lo cielo stellato era mosso verso la parte d'oriente... »); e l'*interpretatio nominis* (« la quale fu chiamata da molti Beatrice li quali non sapeano che si chiamare »); e gli emblemi cromatici, subito scaricati, pur nell'ovvietà della formula adottata, sopra segrete significazioni morali (il « nobilissimo colore, umile e onesto, sanguigno » della veste, che prelude insieme alla Beatrice della prima visione, involta in « uno drappo sanguigno », o della visione ultima, « con quelle vestimenta sanguigne... », e alla predicazione della donna « gentile » e « onesta », e « d'umiltà vestuta », del sonetto, per ricorrere subito a questo, *Tanto gentile*). Ma l'apparato rettorico, che degnamente saluta il manifestarsi della « gentilissima », subito si risolve in commedia spirituale, entro il teatro dell'anima, e convoca sopra la scena lo « spirito de la vita », e lo « spirito animale », e lo « spirito naturale », indotti, ancora in triplice emergenza, ciascuno nel proprio luogo drammatico (« la secretissima camera de lo cuore », « l'alta camera... », « quella parte ove si ministra lo nutrimento nostro »), non senza il coro muto degli « spiriti sensitivi », e segnatamente degli « spiriti del viso ». Al centro, s'intende, l'« *apparuit iam beatitudo vestra* » salda il giuoco dei tre « apparve » alla *interpretatio* capitale. Ma il tutto, intanto, è trasferito al livello, unico adeguato, di un lessico « perpetuo e non corruttibile », il lessico, per avventura, delle « scritture antiche de le commedie e tragedie latine, che non si possono transmutare », come si legge nel primo trattato del *Convivio*. Nulla di più naturale, tuttavia, che la commedia spirituale, e si vorrebbe dunque dire la sacra rappresentazione, ci riporti, come da molti si osserva, a costanti cadenze scritturali: il « *deus fortior me* » dello « spirito de la vita » si incrocia subito, nella mitologia lirica di Dante, con quell'Amore signoreggiante virtuosamente in forza dell'« angiola giovanissima », per guidare a quella preziosa, ostentata citazione omerica, dove l'iperbole celebrativa della « figliuola... di deo » è cristianizzata nel senso più letterale e più forte, se è vero che l'impostazione figurale di una Beatrice come Cristo potrà, dopo lunga latenza (ma si pensi intanto, in particolare, qui nel « libello » ancora, al paragrafo xxiv, dove Beatrice è, ad un tempo, figura della « verace luce », e figura di Amore medesimo), affermarsi ancora in pieno paradiso terrestre, sull'aria del « *Benedictus qui venis* », ad arte giocato, allora, in coppia con il virgiliano « *manibus o date...* ».

III-IV
La « *mirabile donna... vestita di colore bianchissimo* »

Ma il centro della sacra rappresentazione sarà per intanto, per noi, in quel pieno adeguarsi dell'« apparimento » ai termini specifici, e sarebbe giusto dire tecnici, della « visione », così che al di là dello spazio obbligato dei « tanti die » che possano compiere « li nove anni », interverrà a riecheggiarlo, a prolungarne attentamente i motivi, e quasi a verificarli, non tanto il nuovo « apparve a me » della « mirabile donna », vestita di « colore bianchissimo », che

La « *meravigliosa visione* »

pure deve introdurre ormai il tema del « dolcissimo salutare » nella piena ora « nona di quello giorno », quanto piuttosto il nuovo « apparve » della « meravigliosa visione », che sarà infatti, del dramma dantesco, il vero atto secondo (nei versi, « m'apparve Amor subitamente... »). E la simbologia numerale sarà qui garantita da quelle ore « atterzate », tradotte nella prosa in quella « prima ora de le nove ultime ore de la notte ». È la « meravigliosa visione », infatti, che impone il primo raffronto tra rime e commentario, all'interno del volume: e siamo al punto in cui le ragioni della *Vita nuova*, con l'approdo ai documenti versificati, si chiariscono finalmente in concreto. Non si tratta ormai di insistere sulle ovvie correzioni postume, tentate abilmente nel narrato, in vista di quel « verace giudicio » che sfuggì a tutti i primi lettori e risponditori, per testimonianza di Dante medesimo, oltre che per dati esterni, e ora « è manifestissimo a li più semplici ». La correzione vera non agisce tanto sui dettagli, sofisticamente ritrascritti o decisamente integrati (il noto estremo sarà quello toccato, ovviamente, con il « mi parea che si ne gisse verso lo cielo »); agisce, più radicalmente, sopra la prospettiva totale del testo, nell'atto stesso in cui l'episodio onirico è integrato entro il tessuto di una operazione continua, e collocato quale privilegiato momento inaugurale di una vicenda già tutta aperta, tutta risolta nei suoi significati ultimi, proposto come prima elaborazione, in un cartone provvisorio, e grezzo quanto si voglia, di un'immagine che si offre ormai come assolutamente inconfondibile: l'immagine della « donna de la salute ». Ma importa soprattutto, come si accennava, lo strettissimo nesso drammatico stabilito con l'« apparimento » primo, e quell'indurre nuovamente in forzosa estroversione, sopra una scena emblematica, ma concretata intanto come « la mia camera », le *personae* di un'azione spirituale, restaurando per Amore (« uno segnore di pauroso aspetto », secondo l'evidente didascalia) il solenne colore del latino (« *ego dominus tuus* », « *vide cor tuum* », due battute in cui pare collocarsi un'allusione, in forma tutta esoterica ancora e germinale, alla non lontana equazione di « amore » e di « cor gentil », e intanto vietandone, con preciso scrupolo di verità storica, ogni efficacia), e declinando pateticamente, infine, verso modi di tragica passione (« onde io sostenea sì grande angoscia... »), densi di coperti significati profetici.

Così, la « camera » del poeta, come « solingo luogo », si impone subito quale centro ideale dell'intera avventura lirica della *Vita nuova* (« presi tanta dolcezza, che come inebriato mi partio da le genti, e ricorsi a lo solingo luogo d'una mia camera... me parea vedere ne la mia camera una nebula di colore di fuoco... »). L'esperienza visionaria, e la sua stessa elaborazione poetica, si accompagnano tipicamente a questo ripiegarsi di Dante in una solitudine raccolta, che soltanto nel verso può ormai aprirsi verso una cerchia definita di uditori, aristocraticamente chiusa (« uno sonetto, ne lo quale io salutasse tutti li fedeli d'Amore... »), tra i quali emerge per un momento la figura, designata in perifrasi (« quelli cui io chiamo primo de li miei amici »), del Cavalcanti, figura privilegiata, più tardi destinataria del « libello », manifestamente (« questo mio primo amico a cui io ciò scrivo », come si legge al paragrafo XXX), e certo già qui proposta, in segreto, come equa immagine del poeta dell'« angoscia » erotica. E immediatamente, mentre la tormentosa violenza della passione si rende sensibile, con quasi scientifico gusto di analisi, ma in quei modi drammatizzati che abbiamo notato, nell'impedimento dello « spirito naturale » (perché si compiano le sue arcane parole lamentose, « *frequenter impeditus ero...* »), con la riduzione fisica dell'amante a « fraile e debole condizione », ecco, ad approfondire il motivo della solitudine, il fermo silenzio di Dante di fronte ai « molti amici » pietosi, come di fronte all'intervento, letterariamente prevedibilissimo, dei « molti pieni d'invidia », un silenzio sfumato da un misterioso sorriso (« ed io sorridendo li guardava, e nulla dicea loro »). Il « solingo luogo » è dunque, se così possiamo dire, la proiezione pratica del « secreto » del poeta, in fuga dalle « genti » nell'inebriante estasi come nel doloroso travaglio dell'amore.

Il grande tema, non meno letterariamente obbligato, delle donne dello « schermo », se bene si guarda,

Il « solingo luogo » dell'estasi

germoglia sopra queste premesse. L'aneddoto dello
« sguardare », da cui traggono occasione, al paragrafo
v, la finzione psicologica e la simulazione lirica
(« certe cosette per rima »), traduce in termini sen-
sibili qualcosa che appartiene, per ogni riguardo, alla
storia interna della poesia e del poeta, e lo spiega,
in un'ulteriore stazione narrativa (« uno giorno avvenne... », che è termine indefinito da cui muove una
durata di « alquanti anni e mesi »), in una situazione
concreta, ancorché sempre offerta, con discrezione
di calcolati accenni, e in fitto giuoco perifrastico,
quale conviene a questo racconto per universali, e
infine in uno spazio obiettivo (« in parte ove s'udiano
parole de la regina de la gloria »), anzi in uno sce-
nario, a tratti, di rapporti geometricamente studiati
(« ed io era in luogo dal quale vedea la mia beatitudine; e nel mezzo di lei e di me per la retta linea
sedea una gentile donna... »).

VII
« O voi che
per la via »
Gli spazi della *Vita nuova*, dalla « cittade » medesima, sempre indeterminatamente offerta (e da determinarsi esclusivamente come « la cittade ove la mia
donna fue posta da l'altissimo sire », in cui si raccolgono tutti gli eventi del libro (e fa eccezione il
solo « paese molto lontano », ove si reca la prima
donna dello « schermo », e verso il quale muoverà
il poeta, « cavalcando », al paragrafo IX), alla « via »
dove Beatrice appare la seconda volta (« passando
per una via »), sono veri spazi della coscienza, scenari ove la rappresentazione spirituale acquista una
dimensione pratica: e come la « via » è naturalmente
la via « de la salute » (« mi salutoe molto virtuosamente »), e la « camera » è la camera del « secreto »,
così la chiesa è il luogo dello « schermo de la veritade », dell'indiscreta inchiesta delusa e vanificata.
Omogeneo a questi scenari emblematici riesce pertanto, al limite, lo stesso spazio metaforico della « via
d'Amor », per cui passano i « fedeli d'Amore », cui
Dante ancora rivolge il suo secondo sonetto, sottolineando nel commento la derivazione biblica dell'immagine (« quelle parole di Geremia profeta che dicono: *O vos omnes qui transitis per viam*... »). E la
fonte scritturale insegna al poeta, con l'immagine,
anche il movimento eloquente dell'apertura (« O voi
che per la via d'Amor passate... »), già così lontano,
per questo « chiamare » in alta *apostrophatio*, da
quello scialbo salutare e domandar risposta della
prima quartina di *A ciascun'alma presa*.
E' il momento, ad ogni modo, di una poetica crittografia, in cui ai misteriosi indizi, ai segni prodigiosi
(il nome di Beatrice che non trova luogo, nella « pì-

stola sotto forma di serventese », se non « in su lo nove »), si sostituisce, piuttosto che aggiungersi, la dissimulazione calcolata, l'occultarsi della verità dietro veli di ampia declamazione, appoggiata a spunti marginali, a occasioni pretestuose: è il tempo, veramente, di una poesia dello « schermo ». Dopo l'allontanarsi della prima « gentile donna », ecco allora la morte della « donna giovane e di gentile aspetto molto », già veduta da Dante in compagnia della « gentilissima » : e quanto più tende a definirsi, sia pure nei vaghissimi termini in cui sempre si svolge la peripezia della *Vita nuova*, un ambiente, un cerchio di figure, tanto più ellittica e ambigua si fa la parola di Dante. Mentre in margine ai componimenti si impone continuamente con forza il gesto vocativo, ora ancora rivolto ai « fedeli d'Amore » (*Piangete, amanti*), ora alla Morte stessa, chiamata « per certi suoi nomi propri » (*Morte villana*), nel cuore dei sonetti si deposita e si sviluppa il « secreto » di Dante, con quell'Amore « in forma vera » che effonde il proprio lamento sopra la donna morta, levando sovente gli occhi al cielo, e che è ovvia figura occulta di Beatrice, « come appare manifestamente a chi lo intende »; e soprattutto con quell'ultima parte del componimento alla Morte, con quel volgersi del poeta a « indiffinita persona », ancorché, nel suo « intendimento » nascosto, perfettamente « diffinita » (« chi non merta salute / non speri mai d'aver sua compagnia »).

VIII
« *Piangete, amanti* »

Imputare a Dante una violenta e arbitraria razionalizzazione dei testi lirici, è cosa anche troppo facile, e non può riuscire meritoria a nessuno: non si deve comunque utilizzare questa agevole accusa come motivo sufficiente per respingere quella poetica nei cui confini ormai le liriche si trovano collocate e concluse, poiché è questa poetica, anzi, che adesso veramente e unicamente importa. Per artificiale che possa apparire la deformazione retrospettiva del Dante prosatore, occorre dire che essa esprime qualcosa di assolutamente essenziale al suo sistema di scrittura e al suo progressivo svolgimento reale: il segreto del « nove », dichiarato dal serventese ancora una volta, è poi, nella sua conclamata necessità, al tutto equivalente ai segreti dei sonetti d'occasione, che il poeta simula calcolatamente riposti entro la tessitura dei versi. La finzione *a posteriori* dell'autore, che impone a forza nuovi significati alla propria lirica, vuole precisamente equiparare in ogni modo, e con ogni legittimità, dal punto di vista ideologico che qui importa, l'indizio non cercato che misteriosamente si

Lo « *schermo* » lirico

rivela (« e non n'avrei fatto menzione, se non per dire quello che, componendola, maravigliosamente addivenne... ») e l'astuzia sfuggente che deliberatamente si cela (« la mia donna fue immediata cagione di certe parole che ne lo sonetto sono... »), per celebrare quel motivo che solo pare preoccupare davvero il poeta, in queste pagine: il motivo, ripetiamo, del « secreto » inafferrabile, dello « schermo », lirico prima ancora che pratico, che a tutti deve sottrarre, in grazia di una artificiosissima polisemìa, la verità ultima della passione d'amore. Ripercorrendo con la propria voce il naturale tracciato del galateo erotico contemporaneo, con la cura anche troppo evidente di non trascurarne norma alcuna (e anzi, ove occorra, indulgendo a qualche chiaro scrupolo arcaicizzante, perché l'itinerario non abbia a patire di alcuna lacuna, nemmeno in zone manifestamente ormai desuete), Dante ricompone, di momento in momento, il senso della propria vicenda amorosa, interiorizzandone il decorso alla luce di una consapevole poetica e di una distinta dottrina: è in quest'area, che vorremmo ormai dire di latenza, che si colloca pertanto, con piena naturalezza e con piena autorità, la nuova epifania di Amore.

IX
« Cavalcando l'altr'ier per un cammino » È un'epifania, questa narrata al paragrafo IX, che si articola a un livello nettamente inferiore, in armonia con l'abito stesso del « dolcissimo segnore », il quale appare « come peregrino leggermente vestito e di vili drappi », e dimessamente e diffusamente si esprime in volgare, e si dimostra « disbigottito », procedendo « a capo chino », e « meschino » nella sua sembianza. Non visione veramente, ma mero giuoco immaginativo (« ne la mia imaginazione apparve... disparve questa mia imaginazione... »), essa induce per la prima volta sopra la pagina dantesca un Amore impegnato nell'ufficio di pratico consigliere, e qui giustificante e correggente, all'occasione, il rituale dello « schermo », della « difensione » per mezzo del « simulato amore ». Alla novità degradata della situazione e dei suoi simboli (e a fatica temperata dalla suggestione paesistica, più tardi da scoprirsi funzionale, del « fiume bello e corrente e chiarissimo, lo quale sen gia lungo questo cammino »: una suggestione che è, assai sintomaticamente, del tutto estranea al movimento del sonetto), si oppone in qualche modo, a garantire una salda e alta continuità tematica, il motivo immobile della solitudine del poeta, che soltanto « quanto a la vista » è, in verità, « a la compagnia di molti », e che appunto nel giuoco immaginativo completamente si astrae, sino a quel re-

pentino dileguare delle immagini evocate dalla fantasia in lucida estroversione, ma pronte a pianamente e arcanamente introvertirsi ancora (« allora presi di lui sì gran parte / ch'elli disparve, e non m'accorsi come »; o nella prosa: « disparve questa mia immaginazione tutta subitamente per la grandissima parte che mi parve che Amore mi desse di sé », con conseguente trasfigurazione patetica, « quasi cambiato ne la vista mia »). La fantasia è insomma, in tutte lettere, fantasia proiettiva, per un Dante il quale, dinanzi a un Amore che viene « sospirando pensoso », si abbandona a « sospiri » che non possono, come vorrebbero, « disfogare l'angoscia » del cuore, e cavalca « pensoso de l'andar », e « accompagnato da molti sospiri ». Soliloquio scoperto, sciolto in fittizie e facili figurazioni di favola, l'episodio del « cammino de li sospiri », mentre verifica ancora una volta il sistematico declinarsi visibile, in scena, del dibattito spirituale e poetico, ne confessa il meccanismo e ne prepara il superamento. Quando Amore ritornerà X-XIII ad apparire nella « camera » della solitudine, in solenne visione, agli occhi del poeta che ha ormai perduto quel « dolcissimo salutare » della sua donna, nel quale era riposta tutta la sua beatitudine, riprendendo il proprio ufficio di consigliere, qui inaugurato, fonderà, in nuova sintesi, con l'altezza dei suoi emblemi enigmatici, e con l'« oscuritade » del suo linguaggio, questo affabile « ragionare » ora appena conquistato. E la ballata, allora, non nascerà più come fedele relazione lirica intorno all'epifania sperimentata, ma come diretta esecuzione del consiglio d'Amore (« e anzi ch'io uscisse di questa camera, proposi di fare una ballata, ne la quale io seguitasse ciò che lo mio segnore m'avea imposto; e feci poi questa ballata... »).

Ma nel testo, tra *Cavalcando* e *Ballata, i' voi*, al paragrafo IX, si innesta la prima dichiarata digressione della *Vita nuova* (« uscendo alquanto del proposito presente »), la quale deve illustrare, perduto appunto già per il poeta, a motivo della « soverchievole voce » che malignamente ha accompagnato il suo nuovo « simulato amore », il saluto di Beatrice, la sua mirabile efficacia (« quello che lo suo salutare in me vertuosamente operava »): una digressione che in effetti compie il primo passo decisivo nel senso di una piena sublimazione morale dell'esperienza erotica, e certo, per intanto, di una sua rigorosa trascrizione così orientata. La commedia degli « spiriti » si replica sotto la regìa diretta di uno « spirito d'amore », che distrugge « tutti li altri spiriti sensitivi », che

X-XIII
Il saluto di Beatrice

scaccia imperiosamente « li deboletti spiriti del viso », tanto che Amore medesimo si rende visibile nel « tremare de li occhi » di Dante, e così porta « la fiamma di caritade » che lo pervade, inducendolo al perdono di ogni offesa, e il suo viso « vestito d'umilitade » al centro della riflessione. E subito si apre, necessariamente, quel motivo dell'ineffabilità che accompagna l'operare della donna e la sua « salute », in una beatitudine che trascende, « intollerabile », i limiti umani (« molte volte passava e redundava la mia capacitade »), e che annulla ogni virtù corporea (« lo mio corpo... molte volte si movea come cosa grave inanimata »).

La « Vita nuova » come « opera aperta »

Ora, non si insisterà mai abbastanza sopra il fatto che Dante indugia a meditare intorno agli èffetti estatici ed etici della « salute » della donna, proprio nel momento in cui li confessa perduti. Tutta la dinamica della *Vita nuova*, così nei suoi èsiti lirici e narrativi, come nella sua profonda sostanza teorica, si alimenta perpetuamente di negazioni, fonda il proprio sviluppo sopra un costante movimento dialettico che spinge a un sempre urgente, ragionato abbandono delle posizioni appena raggiunte, secondo una spirale che perviene sino all'ultimo paragrafo del « libello », come notavamo più sopra, e che rinvia oltre la conclusione medesima dell'opera: che è dunque opera, se ci è perdonata l'impertinente espressione, medievalmente aperta. Si pensi all'esperienza esaurita dello « schermo », nel cui andamento pare rispecchiarsi, come in un primo paradigma essenziale, tutto il decorso del volume: si pensi a come il meccanismo del « secreto » è sviluppato sino al punto in cui perviene a un'aperta contraddizione con le sue basi originarie, e, nato come meditata « difesa » del beatifico « salutare », a proteggerlo da ogni indiscreta inchiesta, si rovescia in motivo della sua dolorosa privazione. Così, con perfetta circolarità, il poeta è respinto in nuova solitudine, e il movimento del « libello » è riportato a una sorta di nuovo cominciamento assoluto, con restauro, naturalmente, della scena della « camera » e della forma della « visione » (« poi che la mia beatitudine mi fue negata, mi giunse tanto dolore, che, partito me da le genti, in solinga parte andai a bagnare la terra d'amarissime lagrime... misimi ne la mia camera, là ov'io potea lamentarmi sanza essere udito... m'addormentai come un pargoletto battuto lagrimando... me parve vedere ne la mia camera lungo me sedere uno giovane... »).

Non sarà qui necessario sottolineare come ritornino ora nel testo i luoghi topici, deputati alla situazione, dalla simbologia cromatica («vestito di bianchissime vestimenta») alla simbologia numerale («questa visione m'era apparita ne la nona ora del die»), e quella insistente *annominatio* su «parere», che è il più caratteristico stilema, non presso Dante soltanto, della narrazione onirica («me parve vedere... pareami che sospirando mi chiamasse... mi parea che io lo conoscesse... parvemi che piangesse... parea che attendesse... mi parea che m'avesse parlato...», come al paragrafo III «me parea vedere... pareami con tanta letizia... mi parea vedere... involta mi parea in uno drappo... mi parea che questi tenesse... pareami che mi dicesse... pareami che disvegliasse... mi parea che si ne gisse...»). Sarà da notare piuttosto come l'episodio visionario si articoli nettamente in due momenti, il primo dei quali è impostato secondo le cadenze supreme della rivelazione per sogni, e culmina nelle due battute latine di Amore, che appare in figura di giovane piangente: una battuta che impone l'abbandono definitivo di ogni «schermo» («*tempus est ut pretermictantur simulacra nostra*»), e una battuta che oppone alla perfezione emblematica del «*centrum circuli*», cui Amore si assimila, l'imperfezione dell'amante, che non sa adeguarsi pienamente al codice altissimo della passione erotica («*tu autem non sic*»). Il secondo momento, che si apre al dialogo (e l'*annominatio* strutturale scompare d'un tratto dalla pagina), e dal latino discende alle «parole volgari», offre la prima immagine, e sia pure ancora sommariamente disegnata, di Amore dittatore, aprendo così, da lontano, la strada che potrà condurre Dante alla scoperta delle «nove rime». Ancora esterno suggeritore di motivi e modi poetici, ancora, come si diceva, pratico consigliere, Amore è tuttavia figura, ormai, che si rivolge nitidamente all'amante come a poeta, e decide i temi («voglio che tu dichi certe parole per rima, ne le quali tu comprendi la forza che io tegno sopra te per lei, e come tu fosti suo tostamente da la tua puerizia»), e impone il particolare declinarsi della mitologia lirica («chiama testimonio colui che lo sa, e come tu prieghi lui che li le dica»), e insinua l'opportunità di nuova *apostrophatio* («queste parole fa che siano quasi un mezzo, sì che tu non parli a lei immediatamente, che non è degno»), e infine suggerisce la specifica forma poetica, riservando a sé l'incanto della veste musicale (il «dolze sono», la «nota soave»), da cui le parole andranno accompagnate («falle adornare di soave armonia, ne la quale io sarò tutte le volte che farà mestiere»). *Ballata, i' voi* segna così, con la prima aper-

ta esperienza dantesca di una lirica come canto
in cui questo Amore « testimonio » possa attiva
mente intervenire, il primo esempio di un « parlar
in seconda persona » che abbia radice nella ricerc
di una mediazione poetica, e non in un semplice im
pulso oratorio: questo rivolgersi del poeta alla pro
pria ballata (la quale, in verità, « non è altro ch
queste parole che d'io parlo »), mentre pone al ser
vizio del galateo erotico un principio di rettorica
degno di essere poi giustificato a parte (onde il rinvi
esplicito al paragrafo xxv), e lo carica di un'inten
zione novissima, costituisce pure il primo avvio pun
tuale in quella direzione per cui, intonando più tard
la sua prima canzone, e per la prima volta tentand
le rime della « loda », egli delibererà di parlare «
donne in seconda persona », e precisamente alle sol
donne « gentili », scegliendo questo come l'unico mo
do di eloquenza che risulti conveniente alla predica
zione di Beatrice.

Il movimento drammatico della prosa, con quel giuo
co di parti che si svolge sulla scena chiusa della « ca
mera », si associa, a modo suo, al movimento dram
matico dei versi, in cui la voce recitante del poeta
sostiene l'azione della « gentil ballata » e di Amor
dinanzi a « madonna », e le « parole » della ballata
medesima distribuite in tre interventi in *oratio recta*
che già preparano, in certo senso, la preghiera della
canzone nel congedo di *Donne ch'avete*, dove appunto
ritornerà, ancorché naturalmente in altra chiave, l'in
contro con « madonna » di Amore e della « figliuola
d'Amor » (« tu troverai Amor con esso lei... »). E
sopra questo registro di gestualità scoperta, di pro
vocante evidenza rappresentativa, che Dante ancora
insiste nell'esposizione del sonetto successivo, *Tutt
li miei penser*, sforzando al massimo le implicazioni
contenute nel componimento lirico, in vista di quella
« battaglia de li diversi pensieri » (« mi cominciaro
molti e diversi pensamenti a combattere e a tentare »).
che evidenzia l'« amorosa erranza » con il suo colore
patetico (« tremando di paura che è nel core »), e che
subito ci riconduce allo sperimentato teatro della
mente. Al vertice, ecco allora quella comparazione
(« mi facea stare quasi come colui che non sa per
qual via pigli lo suo cammino, e che vuole andare e
non sa onde se ne vada »), che già pare appartenere
al Dante più maturo, e che è la punta di estrema for
za rappresentativa in un paragrafo altrimenti scandito
tutto con algebrico rigore catalogico (« l'uno de li
quali era questo... l'altro era questo... l'altro era que
sto... lo quarto era questo... »), e da ricondursi, in

ogni sua parte, alla struttura impassibile della divisione rettorica.

Si comprende tuttavia che il punto di più alta approssimazione ad esiti di dramma, nel quadro degli sviluppi della narrazione, è raggiunto da Dante nell'episodio del « gabbo », al paragrafo XIV. Ma, dicendo questo, non pensiamo tanto al circostanziato svolgimento dell'azione, che sviluppa il dato iniziale di *Con l'altre donne* al di là di ogni proporzione esplicativa, e insiste su dettagli minuziosamente compiaciuti (« io poggiai la mia persona simulatamente ad una pintura la quale circundava questa magione... »), quanto proprio alla « nuova trasfigurazione » che sta al centro della pagina, con distruzione degli « spiriti paurosi » e, sempre in ferma ripresa dal paragrafo XI, cacciata degli « spiriti del viso », indotti nuovamente a recitare e agire sopra il palcoscenico dell'anima (« questi spiritelli... si lamentavano forte e diceano... »). In ogni caso, siamo di fronte a due precisi piani di rappresentazione, esterno ed interno: nel primo operano Dante, l'« ingannato amico di buona fede », e tutto il coro delle donne, cui viene subito ad aggiungersi, operante con la sua sola, folgorante presenza, « la gentilissima Beatrice »; nel secondo, inaugurato da quel « mirabile tremore » che incomincia nel petto del poeta « da la sinistra parte », e si diffonde per tutto il suo corpo, la scena sensibile dilegua, e accanto a Dante e alla « mirabile donna » prendono ad agire Amore e gli spiriti; quando il motivo del « gabbo » esplode nel racconto (« molte di queste donne, accorgendosi de la mia trasfigurazione, si cominciaro a maravigliare, e ragionando si gabbavano di me con questa gentilissima »), i due piani si congiungono strettamente, e le parole che il poeta rivolge all'amico sembrano sancire in modo compiuto il valore emblematico dei livelli sperimentati « io tenni li piedi in quella parte de la vita di là da la quale non si puote ire più per intendimento di ritornare »). La « camera de le lagrime » si pone allora, un'altra volta, come lo spazio capitale ove deluiscono e si raccolgono i nodi del dramma, per risolversi in poesia.

Chi guardi a questo paragrafo, muovendo sopra la linea continua del « libello », come noi facciamo, può non avvertire immediatamente, attratto dalla ricca amplificazione narrativa e scenica, gli acquisti essenziali che esso contiene. In realtà, quel tema che *tutti li miei penser* aveva già risollevato come fondamentale (« tremando di paura... »), e che nella prosa del paragrafo XIII era riuscito deliberatamente de-

XIV
La « nuova trasfigurazione »

La poesia dell'« angoscia »

presso, ora trionfa senza velo sopra ogni altra ca
denza: è la poesia dell'«angoscia», occultata per
tante pagine, che adesso riemerge intatta e domina
il testo, e in primo luogo, ancora e sempre, si effonde
nei versi. Siamo, come è ben noto, al momento più
schiettamente cavalcantiano dell'avventura erotica di
Dante, con quell'Amore pieno di «baldanza» e di
«securtate», che «fere», che «ancide», che «pin
ge di fore» gli «spiriti paurosi», sino al dolente
«trasfiguramento» dell'amante. E «madonna la Pie
tà», l'«inimica» che il poeta era tentato di chiamare
a conclusione del precedente sonetto («e dico ma
donna quasi per disdegnoso modo di parlare») è or
mai figura accolta di pieno diritto nel cerchio delle
figurazioni liriche e dei ragionamenti narrativi, e tale
da poter essere innalzata a prospettive teologali nel
l'imminente *Donne ch'avete* («sola Pietà nostra parte
difende..»). Un rovesciamento di poetica, è evidente
è prossimo ormai a dichiararsi. Ma acquisto anche
più rilevante, e più ricco di conseguenze, è il primo

rivolgersi del poeta, direttamente, a Beatrice: il voca
tivo ora tocca immediatamente, nei versi, la «donna
(la «bella gioia») del componimento che segue), e
Dante dice finalmente parole «parlando a lei», ten
tando nei tre sonetti «narratori» del suo stato le
prove ultime entro l'orizzonte delle vecchie rime
sino al punto in cui gli pare che altro non sia possi
bile, e convenga «tacere e non dire più». Documenti
come *Ciò che m'incontra* e *Spesse fiate*, con i com
mentari stessi che li accompagnano, sembrano persino
ostentare l'inerzia lirica su cui crescono, confessando
apertamente il blocco poetico, psicologico e ideolo
gico, che si è determinato a questo punto nell'espe
rienza d'amore («però che mi parea di me assai aver
manifestato»). Dante ha toccato i confini di un'idea
della lirica. E siamo a una nuova, intima contraddi
zione, e dunque, come sappiamo, alla necessità di
una nuova svolta, veramente: la «matera nuova
più nobile» non può che sorgere, come sempre ac
cade nel Dante della *Vita nuova*, dall'insolubile vin
colo, dalla dura stretta della «passata» materia,
dalla sua necessaria negazione. La contraddizione è
in prima istanza, quella segnata al paragrafo xv
dove lo schema ormai agevole dei «diversi pensa
menti», applicato dapprima all'«amorosa erranza»
si replica come nuda antinomia, con il «pensamento
forte» che riprende il poeta, e con un «umile» pen
siero che risponde: che è cosa tutta spiegata nella
riflessione critica dell'esegesi, e tutta occulta, pro
priamente, nella realtà della lirica. Non l'orgia fune

bre di romanticismo medievale resta significativa, con l'accalorata gestione di questa morte per amore, condotta sino all'epigramma folgorante sopra il tema del « gabbo » (« ne la vista morta / de li occhi, c'hanno di lor morte voglia »), il quale insorge sopra un'ostinatissima e sorvegliatissima trama lessicale (« more... perir... tramortendo... moia, moia... ancide... »), ma la razionalizzazione dottrinale, piuttosto, articolata eloquentemente in dialogo, questa volta, e arrestata precisamente in dittico sopra l'opporsi rigido dell'interrogazione (« poscia che tu pervieni a così dischernevole vista quando tu se' presso di questa donna, perché pur cerchi di vedere lei?... ») e della risposta (« sì tosto com'io imagino la sua mirabile bellezza, sì tosto mi giugne uno desiderio di vederla... che uccide e distrugge ne la mia memoria ciò che contra lui si potesse levare.. »). E ognuno sa bene che l'interrogazione del « pensamento forte » ritornerà, con lieve ritocco appena, al paragrafo XVIII, sopra le labbra delle « gentili donne » (« a che fine ami tu questa tua donna, poi che tu non puoi sostenere la sua presenza? »), per trovare in Dante, finalmente, quella risposta che proclami come « lo fine di cotale amore » sia davvero « novissimo ». E nasceranno, in effetti, le « nove rime ».

Così, il cerchio antico si chiude. E ai quattro « pensamenti » della « battaglia de li diversi pensieri » vengono a corrispondere ora, in dura simmetria, le « quattro cose » non ancora manifestate della « battaglia d'Amore ». Ma l'ultimo canto, prima della conversione poetica, ha un solo motivo effettuale: celebrare, al più alto livello, sopra lo sfondo d'angoscia che conosciamo (« Amor m'assale subitamente, / sì che a vita quasi m'abbandona »), l'invincibile, mortale stretta della passione. Parla nel sonetto, vorremmo ormai dire, quel solo spirito ancora superstite, al momento, all'assalto d'Amore (« campami un spirto vivo solamente, / e que' riman, perché di voi ragiona »), la sola cosa viva, secondo la parola stessa di Dante, che in lui rimanga (« Amore spesse volte di subito m'assalia sì forte, che 'n me non rimanea altro di vita se non un pensero che parlava di questa donna »), e dice la propria morte nella contemplazione della « gentilissima », ricercata come illusorio strumento di salvezza (« vegno a vedervi, credendo guerire », e rivelantesi invece come capace di sconfiggere pienamente la « poca vita » del poeta (« nel cor mi si comincia uno tremoto, / che fa de' polsi l'anima partire »): oltre la « battaglia d'Amore » si apre uno spazio bianco di smarrimento assoluto, la prima vera, calcolatissima frattura nella progressione della *Vita nuova*.

XVII-XVIII
La « matera nuova » Il rivelarsi della « matera nuova » è cosa che esigerebbe per sé un ragionamento autonomo. Qui noteremo soltanto che la cerchia delle « gentili donne » si configura, prima che come un orizzonte di declamazione, cui abbia ad indirizzarsi la voce del poeta come un ambiente concreto, concretamente sperimentato, nel quale Dante acquisti coscienza della propria nuova « beatitudine », non più riposta nel « saluto di questa donna », irraggiungibile cosa, e comunque insopportabile ormai, ma identificata nettamente con la « loda » di lei, e quindi con un possesso certo di poesia (« quello che non mi puote venire meno »). una « beatitudine » interna alla stessa esperienza lirica (« quelle parole che lodano la donna mia »). Che è il punto, come si disse a principio, in cui la *Vita nuova* davvero perviene a configurarsi come la storia di una vocazione. Ma come sempre avviene nel tessuto del « libello » dantesco, la scena sta a sensibilizzare il momento riflessivo, a illustrare drammaticamente l'astratta conquista interiore, risolvendo anche in aperto dibattito, e in naturali movenze di dialogo, i motivi della contraddizione esplorata (e al centro del paragrafo si posa intanto la celebre comparazione, « e sì come talora vedemo cadere l'acqua mischiata di bella neve... », che è la più dolce e nuova immagine del volume).

Deriva da tutto questo un rilievo anche più forte al prodigioso aprirsi del canto, quale ci è testimoniato dal poeta (« allora dico che la mia lingua parlò quasi come per se stessa mossa, e disse... »): e sarà da accogliersi come indizio, non veramente di una poetica ispirata, come vuole la tradizione più facile, ma, nel sistema del narrato, della perfetta maturazione riflessa della nuova disposizione lirica; per il poeta che ha « impresa troppo alta matera » (« pareami avere impresa troppo alta matera quanto a me, sì che non ardia di cominciare; e così dimorai alquanti dì con disiderio di dire e con paura di cominciare »). Certo è che le parole sgorgano spontanee soltanto nell'atto in cui è decisa la cerchia delle donne « che sono gentili e che non sono pure femmine », e insomma delle donne che hanno « intelletto d'amore », quali destinatarie e testimoni del canto: e si giustifica così appieno la paziente pausa narrativa del paragrafo XVIII. Quanto poi al « cammino lungo lo quale sen gia uno rivo chiaro molto », non è chi non veda come esso sia fedele riecheggiamento del « cammino de li sospiri », con quel suo « fiume bello e corrente e

chiarissimo »: e il prezioso cominciamento che Dante
ripone nella mente « con grande letizia » sarà pertanto da interpretarsi, sotto ogni riguardo, come una
sorta di intimo « apparimento » verbale.

Senza tentare pericolose deviazioni in senso psicologico, ecco comunque, in *Donne ch'avete*, la conversione capitale della « paura » in « viltà »: alla base
delle « nove rime » sta in effetti il pieno rovesciamento dell'angoscia cavalcantiana, in un Dante che
non osa parlare troppo « altamente » per non perdere
« ardire », per non diventare « per temenza vile ».
Lo sbigottimento del poeta, esitante di fronte alle
difficoltà della propria materia, assorbe e risolve in
sé lo sbigottimento dell'amante, smarrito di fronte
alla « mirabile bellezza » della sua donna. E la poesia
dantesca si costruisce, sopra queste basi rinnovate,
come un compito infinito, inaugurato « leggeramente », e suscettibile di una perpetua progressione, un
compito che già postula l'arresto del « libello » sopra
la « mirabile visione », e già l'apertura possibile verso
altre soluzioni di discorso, e altri esiti di ideologia:
verso la *Commedia* medesima. In corrispondenza con
la nuova situazione, sta il dilatarsi tematico della
canzone, che abbraccia insieme, per Beatrice, « che di
lei si comprende in cielo » (che è argomento della
seconda stanza) e « che di lei si comprende in terra »
(che è argomento della terza e della quarta, rispettivamente narranti la « nobilitade de la sua anima »
e la « nobilitade del suo corpo »). La proiezione teo-
logale, che trasforma l'angelicata del Guinizzelli, nata
appena da una rischiosa *boutade* galante, nella vera
« speranza de' beati », letteralmente, nella donna
« disiata in sommo cielo », per cui « non pò mal
finir chi l'ha parlato », è già tutta discoperta. E la
« paura » è davvero respinta, e vinta è la morte per
amore. Lo sgomento ha mutato segno e significato:
chi « agghiaccia e pere » è ormai soltanto il « pensero » dei « cor villani », distrutto dal « gelo » che
Amore infonde per mezzo della « gentilissima » (e
« qual soffrisse di starla a vedere / diverria nobil
cosa, o si morria »). Il seme deposto con preveg-
genza al paragrafo XI (« nullo nemico mi rimanea,
anzi mi giugnea una fiamma di caritade, la quale mi
facea perdonare a chiunque m'avesse offeso »), vin-
colato allora al tema inaugurale della « mirabile salute », matura il proprio frutto definitivo nel « trattato » della canzone (« e sì l'umilia, ch'ogni offesa
oblia »), in un regime che è ormai proprio quello
della grazia celeste: e l'umiltà è già il tramite che
lega l'amore profano alla virtù religiosa della carità.

Potrà allora apparire singolare che, dovendo « trattare alquanto d'Amore », Dante dica allora quel sonetto in cui il « dittare » del « saggio » è rispettato con fedeltà quasi scolastica, e anzi è palesemente conciliato con il registro più categorico della tradizione occitanica (si pensi, se altro non ci fosse, a quel nesso strutturale di « occhi » e di « core », nella prima terzina). Sta di fatto che *Amore e 'l cor gentil*, non a caso posposto alla canzone (e dunque da leggersi ormai, nell'intenzione ultima di Dante, secondo la chiave, radicalmente inconsueta, per essa offerta in anticipazione), sta ad indicare, con scrupolo severo, le basi dottrinali su cui si è sviluppato il monumento di *Donne ch'avete*, e intanto sottrae, alla lezione del maestro, con un paradossale contegno, che è carico di un suo senso profondo, proprio il capitolo dell'angelicata, puntando esclusivamente sulla interpretazione di Amore come « sire » e del cuore come « magione », indissolubilmente, naturalmente congiunti tra loro (« falli natura quand'è amorosa... »): che è artificio evidente, onde segnare sì l'iscrizione alla scuola poetica del « padre » Guinizzelli, ma insieme circoscrivere la responsabilità di quella adesione. Ma vi è di più, perché in sede di chiara lettura saggistica occorre non trascurare certamente il fatto che il sonetto fa coppia, e quasi corpo, con *Ne li occhi porta*, con quella filosofica, dignissima correzione (e per sé meritevole, in verità, di autonoma analisi), che « in loda di questa gentilissima », avverte come Amore, « non solamente si sveglia là ove dorme », per opera della donna (e dunque « questa potenzia si riduce in atto », secondo le parole del paragrafo XX), ma come « là ove non è potenzia, ella, mirabilmente operando, lo fa venire »: cosa tutta estranea, come ai versi stessi di Dante, così in generale, e per forza, a ogni metafisica, quantunque deferita liricamente alla immaginazione erotica, e tutta propria, per contro, di una teologia del miracolo. Il che è da notarsi insieme con quel recupero della « salute », come tema privilegiato (« e cui saluta fa tremar lo core »), che è sollevato a nuova altezza, e anzi portato sino al tono supremo della ineffabilità (« non si può dicer né tenere a mente... »), già modulato in entrambe le versioni definitive, del « nequit » (« sermo deficit ») e del « nescit » (« quia oblitus »). Ma è intanto scaricato, come si vede, d'ogni risonanza privata, particolare. Di più larga incidenza è finalmente la metamorfosi che tocca al motivo della morte, il quale ormai si orienta per gradi, senza più incertezze direzionali, e quasi, per così dire, indugio di schermi, verso la figura medesima di Beatrice. Anche a questo proposito, *Donne ch'avete* segna un passo definitivo (« e ciascun santo ne grida merzede... »). All'esperimento del paragrafo VIII, eseguito nell'orizzonte delle vecchie rime, per la « donna giovane e di gentile aspetto molto » (« fue piacere del segnore di li angeli di chiamare a la sua gloria... »), viene ora a corrispondere, ma nel nuovo orizzonte delle nuove, e con tutte le correzioni che si impongono, l'esperimento del paragrafo XXII (« sì come piacque al glorioso sire lo quale non negue la morte a sé... »), per il « genitore di tanta meraviglia quanta si vedea ch'era questa nobilissima Beatrice ». Che è intanto occasione, per Dante, di rifondare, dopo la parentesi dottrinale di *Amore e 'l cor gentil* e di *Ne li occhi porta*, il colloquio con le « gentili donne », anzi ormai « ingentilite » per partecipazione della « gentilissima » (*Voi che portate la sembianza umile*), e condurlo, grazie al sonetto responsivo che instaura il nuovo dittico poetico (*Se' tu colui c'hai trattato sovente*), a modi di dialogo lirico. E gioverà notare come tale dialogo, impedito nel vissuto, secondo che si legge nel racconto in prosa, perché suscettibile di « riprensione », si realizzi invece, a livello immaginativo, per forza di poesia (« presi tanta matera di dire come s'io l'avesse domandate ed elle m'avessero risposto... pigliando ciò ch'io udio da loro sì come lo mi avessero detto rispondendo »): che è tra i casi di più immediata comparazione, presso Dante, tra situazione pratica e situazione lirica, e perciò spia preziosissima, per quanto operante in una zona piuttosto marginale, della relazione che si aspira ad instaurare, nella *Vita nuova*, agli occhi del lettore (giacché la verità effettuale del rapporto, ovviamente incontrollabile, non avrebbe del resto interesse vero), tra due modi di verità. Si badi, infatti, alle « quattro parti » del sonetto, che si fingono scrupolosamente redatte « secondo che quattro modi di parlare ebbero in loro le donne », ma che giungono nei versi, in perfezione assoluta di calcolo, e in chiara distribuzione tra le due quartine e le due terzine, rigorosamente rovesciate a paragone dell'ordine tenuto dal racconto (da « Vedi questi che non pare esso.. » a « Se' tu colui?... », da « Questi ch'è qui piange... » a « E perché piangi tu?... », da « Chi dee mai essere lieta di noi?... » a « Lascia piangere noi... », da « Certo ella piange... » a « Ell'ha nel viso... »): onde, tra l'altro, alla ovvia naturalezza del discorso narrativo, che muove dal pianto della « nostra donna gentile » per declinare, come accidentalmente, verso il pianto del poeta, cor-

« Se' tu colui »

risponde, nel discorso poetico, il lento ascendere dei versi dal poeta alla « gentilissima », la quale è tale, che « qual l'avesse voluta mirare / sarebbe innanzi lei piangendo morta » (ma il tema del pianto, nel frattempo, seguirà anche una sua legge particolare, in delicatissima scansione, preziosamente triangolare: « piangi tu... pianger lei... piangere noi... »).

XXIII
« Donna
pietosa e di
novella etate »

A segnare uno scatto ulteriore, nella progressione che si è detta, sta, ed è come il centro stesso del volume, la visione, anzi la « erronea fantasia », la « vana imaginazione » del paragrafo XXIII. Non ci fermiamo ormai ai noti indizi (« per nove dì... ne lo nono giorno... »), da cui soltanto dobbiamo trarre un'opportuna conferma strutturale (e ciò varrà per la forma dell'« apparimento », in generale, come per l'*annominatio* su « parere », in particolare): diciamo che qui, per la seconda volta nel « libello », la rivelazione per sogni diventa l'oggetto immediato dell'operazione poetica, e che qui, dunque, si salda veramente l'arco aperto da *A ciascun'alma presa*. Non a caso, se la nuova visione può decifrare, come in qualche modo decifra davvero, il senso profondo della « maravigliosa visione » inaugurale. A questa centralità di *Donna pietosa*, fondata sopra i contenuti essenziali, corrisponde del resto una chiara centralità rettorica, per una canzone che abbraccia insieme, nella propria area, l'« imaginazione » e le sue circostanze, con un racconto nel racconto che è, dal punto di vista formale, la sua novità più strepitosa. E lo sottolinea Dante stesso, quando avverte, nel commentario, che il componimento si apre parlando « a indiffinita persona », e si risolve nella narrazione alle « donne » della « nova fantasia ». Qui dovremmo fermarci a studiare, ora, tutta la partecipazione patetica, sorretta dal calcolo di precise simmetrie e di meditati echi, quale si specchia, ad un tempo, e con una puntualità altrove praticamente inverificabile, nella prosa e nei versi. Ed ecco allora, sull'essenziale terreno tematico, per limitarci adesso a questo, il modo in cui il motivo della morte, empiricamente suggerito da quel « dolere quasi intollerabilmente » in cui il poeta è gettato dall'« amarissima pena » della « dolorosa infermitade », trapassa dal poeta a Beatrice (« ben converrà che la mia donna mora »), come immagine astratta di una universale « necessitade » (« di necessitade convene che la gentilissima Beatrice alcuna volta si muoia »), e poi si converte, nel giuoco della fantasia (« di caunoscenza e di veritate fora »), in paurosa evidenza immediata, ancora una volta trasportandosi dal poeta (« tu pur morrai... tu se' morto... ») alla donna (« la tua mirabile donna è partita di questo secolo... morta giace la nostra donna... la erronea fantasia, che mi mostrò questa donna morta...»), e culminando in quella invocazione alla Morte («dolcissima Morte, vieni a me...»), che riporta il tema al narratore, e chiude circolarmente il disegno dell'episodio. E da studiare sarebbe, del pari, quel dilatarsi e contrarsi dello spazio narrativo, che dalla «camera» si apre ai segni paurosi del cielo e della terra («e pareami vedere lo sole oscurare, sì che le stelle si mostravano di colore ch'elle mi faceano giudicare che piangessero...»), e allo spettacolo dell'ascesa della «nebuletta bianchissima» cinta da «moltitudine d'angeli», per raccogliersi poi presso il corpo morto di Beatrice, e trasmutarsi infine, con nuova circolarità, nei chiusi confini della «camera» iniziale. Né meno notabile è il modo in cui il tema del pianto, di cui abbiamo appena veduto, nel precedente sonetto, la responsabilità costruttiva, qui dapprima obiettivato sopra le donne «scapigliate», che vanno «piangendo per via, maravigliosamente triste» («e veder donne andar per via disciolte, / qual lagrimando, e qual traendo guai...»), e poi trasferito, con analogo tracciato, all'apparenza degli astri («turbar lo sole e apparir la stella, / e pianger elli ed ella»), si riflette sul poeta, nella visione allucinata («comiciai a piangere molto pietosamente») come nella realtà delle cose stesse («e non solamente piangea ne la imaginazione, ma piangea con li occhi, bagnandoli di vere lagrime»), sino al «doloroso singulto di pianto» che accompagna l'*apostrophatio* alla Morte «gentile», specchiandosi da ultimo nel pianto della «donna giovane e gentile», la quale richiama, appunto con il proprio piangere, l'attenzione del coro («altre donne.. s'accorsero di me, che io piangea, per lo pianto che vedeano fare a questa»), non senza un estremo guizzo del motivo, per quell'estremo, nuovo «singulto del piangere», che rompe la voce di Dante, occultando il nome della «gentilissima» («io solo intesi il nome nel mio core»): e s'intende che nei versi, rovesciandosi l'ordine del narrato, è proprio sul «pianger forte» della donna «di propinquissima sanguinitade congiunta» che prende avvio l'intero sviluppo tematico, con anche più patetici effetti (al vertice, adesso, in margine al racconto retrospettivo del poeta, starà quel «piansemi Amor nel core, ove dimora», tanto paradigmatico e affettuoso). Come poi i prodigi visionari letti nel sole, nelle stelle, nella morte degli uccelli che cadono «volando per l'aria», nei «grandissimi terremuoti», riportandoci a una Beatrice come

XXIV
«*Io mi senti'
svegliar*»

figura di Cristo, secondo che rettamente si suole sottolineare, si stringano all'esplicita rivelazione di tale senso figurale, quale è contenuta, subito oltre, nel paragrafo XXIV, è cosa indubbia, ancorché sottile: ed è questo il ponte gettato precisamente da Dante tra la « vana imaginazione » e l'« imaginazione d'Amore » che ad essa succede. In questa, certo, il nesso di realtà e simbolo, di lettera aperta e di cifra recondita, è portato alle sue conseguenze estreme, agli esiti di più forte audacia, nella forma e nei fatti: e non pensiamo nemmeno privilegiatamente alla faticosa arguzia dell'*interpretatio*, con quella Primavera che « prima verrà », ovvero Giovanna, « da quello Giovanni lo quale precedette la verace luce », poiché ci basta la stessa zona anteriore del narrato, con quel succedersi di apparizioni (« l'una appresso de l'altra maraviglia »), aperto da Amore, e chiuso dalla fusione di Beatrice e di Amore medesimo (« e chi volesse sottilmente considerare, quella Beatrice chiamerebbe Amore, per molta simiglianza che ha meco»). Si capisce che la digressione su Amore come « accidente in sustanzia », e sui limiti e le licenze dell'animazione poetica delle cose inanimate, e degli « accidenti » appunto in particolare, « come se fossero sustanzie e uomini », trova qui il proprio luogo indispensabile. Ma si pensi soprattutto, naturalmente, per il sonetto al « primo amico », e per il suo commentario, all'implicazione di poetica che definisce, una volta per tutte, la relazione lirica e ideologica che lega Dante con Guido: facile deduzione è quella che nel testo si pone come insinuazione discreta, e che matematicamente esige che tra Beatrice e Dante corra una relazione pari a quella che congiunge Giovanna al suo poeta, e che infine Guido stia a Dante, per dirla molto crudamente, come « monna Vanna »

XXV
Il volgare è promosso a lingua della poesia

a « monna Bice ». Il paragrafo ulteriore potrà allora, con estrema coscienza storica, innalzare in compendio, per la prima volta, il luminoso albero geneologico che stringe, dall'altezza delle « nove rime », e della predicazione della « gentilissima » beatificante, « dicitori » volgari e « poete » latini, finalmente elevando quelli, con un gesto di cui occorre assolutamente risentire l'incredibile audacia, alla dignità piena di « poete volgari », dotati di eguale decoro rettorico (« ché dire per rima in volgare tanto è quanto dire per versi in latino, secondo alcuna proporzione »), in un ordine continuo e omogeneo. E' chiaro poi che il ponte gettato da Dante tra i « dicitori d'amore in lingua volgare » e i « regulati poete », fatalmente, e conseguentemente, si impone nel momento esatto in cui il colore medievale del « libello » si definisce nel modo più inequivocabile. Del resto, proprio il colore medievale è la condizione di siffatto gesto. Ma tra le molte cose che qui si definiscono, e che per Dante rimarranno senza correzione alcuna (farà clamorosamente eccezione il precetto che vincola il rimare alla sola materia « amorosa », destinato alla confutazione suprema della *Commedia*), dalla solenne promozione del volgare come lingua della poesia, sino al canone degli antichi maestri, già qui formanti, nel limbo dell'arte, la « bella scuola » tutta adunata, sta la cosa più preziosa, per noi, che è la poetica stessa del « libello ». Ed è quell'idea di un « narratum » come « expositio », da cui eravamo proprio partiti, per una « ragione » che « poi sia possibile d'aprire per prosa », poiché « grande vergogna sarebbe a colui che rimasse cose sotto vesta di figura o di colore rettorico, e poscia, domandato, non sapesse denudare le sue parole da cotale vesta, in guisa che avessero verace intendimento » (non senza la punta polemica, in coda, e in stretta simpatia con il « primo amico », contro « quelli che così rimano stoltamente »). E a questo punto, in verità, per quanto scandalosa debba necessariamente suonare l'affermazione, occorre dire che l'essenziale vicenda della *Vita nuova*, nella sua radicale sostanza teorica, che è sostanza, come sappiamo, rettorica e ideologica, è conclusa.

E Dante, in effetti, poste queste conclusioni, può ormai tornare ad abbracciare il tema dell'angelicata, rispettando ampiamente le cadenze suggerite dalla più alta lirica a lui contemporanea, ma per innestarlo finalmente, con ogni sicurezza, sopra un terreno affatto originale. Dalla citazione omerica del paragrafo II (« ella non parea figliuola d'uomo mortale, ma di deo »), eccoci allora condotti alla solenne proclamazione corale del paragrafo XXVI: « questa non è femmina, anzi è uno de li bellissimi angeli del cielo ». Lo « stile de la loda » non è più strumento di una passione, per quanto rara e sublimata, non è più raffinatezza suprema di uno squisito codice erotico, ma è forma di una predicazione universale, con un suo colore religioso ormai patente e consolidato, rivelazione di « mirabili ed eccellenti operazioni », quali soltanto una donna celeste, è vero angelo, può compiere, e che hanno i loro testimoni (« e di questo molti, sì come esperti, mi potrebbero testimoniare a chi non lo credesse »), e che ulteriormente devono essere annunciate a coloro che non hanno potuto averne diretta esperienza (« acciò che non pur coloro che la poteano sensibilmente vedere, ma li altri sap-

piano di lei quello che le parole ne possono fare
intendere ». E la lezione della scuola guinizzelliana
è, ad un tempo, portata all'ultima perfezione, e intanto rinnovata dalle sue radici: siamo al momento,
di rarissimo equilibrio appunto, tra tradizione e in-
novazione lirica, di *Tanto gentile* e di *Vede perfettamente onne salute*, dove, accanto alla celebrazione
magnifica della « cosa venuta / da cielo in terra a
miracol mostrare », si pone la « loda » del prodigioso dilatarsi della grazia che dalla donna procede,
e che mirabilmente si dimostra efficace « in tutte le
persone, e non solamente ne la sua presenza, ma ricordandosi di lei »: il che garantisce appunto, dal-
l'interno stesso della poesia, la legittimità e il valore
del fare poetico, fondando ogni grandezza, per una
nuova idea della lirica, in quello che ormai conviene
definire, una volta per tutte, il vangelo della « Beatrice beata ». Al culmine di ogni predicazione si colloca allora, come nitido motivo ultimo, quello, adesso
davvero così innalzabile, dell'umiltà: la donna « d'
umiltà vestuta » è colei la cui vista « fa onne cosa
umile ». La canzone *Sì lungiamente*, in cui Dante,
riaffacciandosi sopra la scena del verso in prima persona, intende dire come, dinanzi a Beatrice, egli sia
« disposto a la sua operazione », e come in lui agi-
sca la « vertude » della donna, sarà improvvisamente
interrotta dalla morte della « gentilissima » proprio
su tale tema: « e sì è cosa umil, che nol si crede ».
Il tempo della lirica in vita, ancorché spezzato in una
maniera che ostenta ogni fatale accidentalità, si con-
clude in effetti sopra una movenza calcolata sino in
fondo.

Ma la morte di Beatrice non modifica le nozioni sta-
bilite: e anzi il « libello », come è ben noto, pur an-
nunciando l'accadimento in modi altissimi, e precisamente con « quello cominciamento di Geremia profeta che dice: *Quomodo sedet sola civitas* » (che è
è per Dante anche il luogo d'avvio per l'epistola, non
trascritta in volume, « a li principi de la terra »), rifiuta, anche a prezzo di motivazioni sofistiche e oscure, di trattare della « partita » della « gentilissima »,
come di cosa estranea al « proposito ». Così, la digressione ulteriore, intorno al simbolo numerale, operante non meno nella morte che nella vita della donna, dimostrando, al di là della più semplice e « comune oppinione astrologa », che « ella era uno nove,
cioè uno miracolo, la cui radice, cioè del miracolo,
è solamente la mirabile Trinitade », stabilisce la più
solida continuità, garantisce che il « gloriare » celeste
della donna, « sotto la insegna » della « regina bene-

etta virgo Maria », si pone ancora entro l'orizzonte
ella « loda », e di tale orizzonte conferma il valore,
ortandolo a un livello assoluto, immutabile. La canone del lamento, *Li occhi dolenti*, riconvoca infatti,
primo luogo, intorno ai versi, il necessario uditorio
eale delle « donne gentili » alle quali soltanto il
oeta vuole ancora rivolgere la parola, proprio come
veniva in vita di Beatrice, ora anche, che « si n'è
ta in ciel subitamente » (« non voi parlare altrui, /
non a cor gentil che in donna sia »).

osì, tutto il repertorio prestabilito si replica in nuova
oniugazione: la « luce de la sua umilitate » ha su-
itato nell'« etterno sire » il desiderio di chiamare a
« tanta salute », e il contrasto di « cor gentil » e
« cor villan » si misura ormai in termini di dolore,
« voglia / di sospirare e di morir di pianto », ma
nza più alcuna possibilità di vero acquisto nell'area
ica anteriormente decisa. La « figliuola d'Amor »
rovescia in questa « figliuola di tristizia », *Donne*
'*avete*, appunto, in *Li occhi dolenti*, ma restando,
simile rovesciamento, mera iterazione, e al più
scrizione, o addirittura traduzione, *post mortem*:
spartire il testo, ancora, tra « che di lei si com-
ende in cielo » e « che di lei si comprende in ter-
», è cosa in effetti eseguibile, e forse da eseguirsi
ramente, sovrapponendo alla partizione patetica-
ente anticipata da Dante al paragrafo xxxi (per-
é « questa canzone paia rimanere più vedova dopo
suo fine »), quella stabilita al paragrafo xix, benché
a ciò si rinnovi, come è ovvio, in una prospettiva
tta angosciosamente risonante.

« *Li occhi dolenti* »

essuna meraviglia, pertanto, che il « libello » oltre
nuova canzone, sembri disperdersi, con un eccesso
scoperte corrispondenze costruttive, in un registro
sole occasioni, recuperando addirittura, con *Venite a
intender li sospiri miei* e con *Quantunque volte*,
rtà crittografia delle prime rime, o piegando poi,
n *Era venuta*, verso una squisita ed estenuata arte
eddotica, rinforzando privilegiatamente la prosa, in
odi ormai arcaicizzanti per la storia interna della
esia dantesca, con tutta una serie di dati che sono
versi assolutamente stranieri, o che a fatica ven-
no retrospettivamente innestati, in forza di un « se-
ndo cominciamento » (con « quel ch'eo facia », che
lmente deve sostenere, poniamo, il « disegnare figu-
d'angeli », anche a prezzo di sacrificare, nella prima
lazione della quartina inaugurale, quel « ciel de
miltate, ov'è Maria »).

verità è che la storia lirica di Dante è pervenuta
un blocco che non riesce più ad appoggiarsi sopra

xxxii-xxxiv
« *Venite a
intender* »

alcuna negazione autentica: tutte le pagine in vi‑
sono in effetti costruite dal poeta per impedire, in og‑
modo, tale carattere di negazione alla morte del
« gentilissima ». Era dunque fatale, in qualche mod‑
l'arresto che qui si verifica. E l'operazione poetica
Dante non può che indugiare, adesso, alle soglie
una perpetua ripetizione: cristallizzata l'immagi‑
amorosa, assunta la donna « in loco degno », con
« spirital bellezza grande », ogni sviluppo è impedit‑
la dialettica del « libello » è spenta. Che è nuova o‑
casione, per quel « parallelo » da rinfrescarsi, a m‑
surare la distanza immensa di modi, o diciamo
piena opposizione, nei confronti dell'ideologia liri‑

di un Petrarca. Per Dante, infatti, la negazione c‑
è chiaramente indispensabile a una storia ulterio‑
della sua poesia, poiché dalla situazione centrale de‑
morte, per forza appunto di ideologia e di poetic‑
non giunge naturalmente, dovrà essere suscitata dal‑
« gentile donna giovane e bella molto », la quale
impone, in quello che è dunque l'ultimo capitolo d‑
volume, come drammatica alternativa all'intiero in‑
pianto stabilito sino a questo momento, nel narra‑
della prosa come nei componimenti per rima. Così
« libello » approda, come alla sua situazione suprem‑
all'antinomia di amore celeste e di amore terren‑
Che è il messaggio di poetica, in effetti, che Dan‑
trasmette a tutta la lirica posteriore, italiana ed e‑
ropea, e in primo luogo, appunto, al Petrarca m‑
desimo, questa volta. A Dante, per la sua particola‑
vicenda di scrittura, rimarrà un'altra eredità, oltre
pagine del « libello »: l'antinomia sofferta sarà p‑
lui, come ognuno sa, a dirla con le opere stesse c‑
l'hanno incarnata, quella di *Convivio* e di *Commed*‑
Ma di questo diremo, se mai, altra volta.
Per adesso, osserveremo soltanto che i quattro s‑
netti alla « pietosa donna », anche lasciando da pa‑
la loro energica novità tematica (che è cosa pu‑
insufficientemente ragionata, sino ad oggi, nella lun‑
e varia fortuna del volume), rappresentano una fo‑
conversione in senso schiettamente psicologico.
riapre, in particolare, con *L'amaro lagrimar* e c‑
Gentil pensero, il trascurato teatro dell'anima, c‑
dialogo di « cuore » e di « occhi », e di « cuore
ancora (« cioè l'appetito ») e di « anima » (« cioè
ragione »), e con nuova « battaglia de' pensieri
ed è un teatro che non accoglie più, come accade
in certe pagine anteriori, il marginale giuoco sceni‑
delle tradizionali maschere liriche, ma pur giovando‑
quasi regressivamente, ancora delle più disponibili
ovvie figurazioni, mette in causa proprio la dialetti‑

ndamentale del momento patetico, portandola come
rigore di tenzone, se non sempre nei versi, certa-
ente nella prosa, e caricandola soprattutto di un
so morale prima assolutamente sconosciuto. E' nei
mmentari di questi testi che il gusto etico di Dante
onda alcune delle sue più autentiche radici: è in
esta zona che il *Bildungsroman* dantesco trascende
rizzonte della vocazione lirica, per approdare dav-
ro, e con progresso definitivo, ai modi ultimi di una
ra educazione sentimentale.

regione ultima del « libello » tra la « forte imagi-
zione » che riconduce Beatrice al suo poeta (e
giovane in simile etade in quale io prima la vidi »)
a « mirabile visione » terminale, si carica, in primo
go, di una sdegnosa intensità autocritica, rimedi-
do apertamente l'esperienza della « donna gentile,
lla, giovane e savia) come « desiderio malvagio e
na tentazione ». Ed è allora chiaro che, con la
va dialettica etica così costruita, entra definitiva-
nte in crisi, per Dante, non veramente un'idea
la lirica, il mito delle « nove rime », la dottrina
la « loda », ma l'idea stessa della lirica, assoluta-
nte. L'ultimo sonetto del « libello », *Oltre la spera*,
ntre raccoglie in sé il frutto più denso dell'arte
vanile di Dante, postula già un orizzonte diverso
forme, un regime ulteriore di poesia: è in esso
vero, non meno che nella « mirabile visione », la
fezia remota del « poema sacro ».

EDOARDO SANGUINETI

da bibliografica

UMENTI   BIO-BIBLIOGRAFICI,   EDIZIONI   DELLA
MMEDIA», RACCOLTE DI OPERE E PRIME INTERPRETA-
NI DEL POEMA

situazione attuale degli studi danteschi è ampiamente
umentata nella monumentale *Enciclopedia dantesca*
tuto della Enciclopedia italiana], Roma 1970-78, 5
. più uno di *Appendice*. Per l'aggiornamento biblio-
fico si consulti la rivista «L'Alighieri» (già Verona -
ezia 1889-93), che dal 1960 si pubblica sotto gli au-
i della Casa di Dante in Roma col sottotitolo «Ras-
na bibliografica dantesca»; rivista di grande tradizio-
sono gli «Studi danteschi», fondati nel 1920 da M.
bi e pubblicati a Firenze. Tra le riviste straniere si ri-
ano «Dante Studies», Cambridge, Mass., 1966 sgg.
seguimento dell'«Annual Report of Dante Society»,
1882-1965), e il «Deutsches Dante-Jahrbuch», Jena,
Berlino e ora Weimar, 1920 sgg. (è la continuazione

dello «Jahrbuch der deutschen Dante-Gesellschaft»,
psia 1867-77).

Le biografie antiche sono raccolte in A. Solerti (a cu
di), *Le vite di Dante, Petrarca e Boccaccio scritte fino
secolo decimo-sesto*, Milano 1904. Tra quelle moderne
segnalano: U. Cosmo, *Vita di Dante*, Bari 1930, nuc
ed., Firenze 1965, a cura di B. Maier (dello stesso Cos
cfr. la *Guida a Dante*, 1947, ivi 1962,[2] a cura di B. N
ier); N. Zingarelli, *La vita, i tempi e le opere di Da*
(1898-1902), Milano 1931[2]; M. Barbi, *Dante: vita, ope
fortuna, con due saggi su Francesca e Farinata*, Fire
1933, e *Vita di Dante*, ivi 1961; A. Vallone, *Dante* (197
Padova 1981[2] (opera biografica e critica); G. Petrocc
Vita di Dante, Roma - Bari 1983.

Il secolare lavoro critico su Dante si è esercitato and
nella ricostruzione e definizione dei testi. Al culmine
questa esperienza è comparsa l'ed. critica de *La «Co
media» secondo l'antica vulgata*, Milano 1966-67, 4 v
(il I d'*Introduzione*), a cura di G. Petrocchi. Tra i co
menti della *Divina Commedia* più diffusi e ristampat
ricordano quelli di: G.A. Scartazzini, Lipsia 1874-82
voll. (con la revisione di G. Vandelli, Milano 1929, in
vol.); T. Casini, Firenze 1889 (con le aggiunte di S
Barbi, ivi 1922); C. Steiner, Torino 1921; L. Pietrobo
ivi 1923-27, 3 voll.; C. Grabher, Firenze 1934-36, 3 vo
A. Momigliano, ivi 1945-47, 3 voll.; N. Sapegno, ivi
1955-57, 3 voll. (III ed, ivi 1985); U. Bosco - G. Regg
ivi 1979, 3 voll. (i primi 2 voll., *Inferno* e *Purgatorio*,
commenti Casini-Barbi e Momigliano sono stati ri
insieme, con introduzione e aggiornamenti di F. Maz
ni, ivi 1972-73). Si veda da ultimo l'ed. della *Comme
Milano 1982-86, 3 voll., a cura di E. Pasquini e A. Q
glio (poi in un vol. unico, con rimario, ivi 1987). Sul
sto curato da G. Petrocchi, cit., è stata condotta la *C
cordanza della «Commedia» di Dante Alighieri*, Tor
1975, 3 voll. (nel I, testo e rimario), a cura di L. Love
con la collaborazione di R. Bettarini e A. Mazzare
prefazione di G. Contini.

Per le altre opere, oltre al testo canonico pubblicato
occasione del sesto centenario della morte di Dante d
la Società dantesca italiana (*Le opere di Dante*, Fire
1921, a cura di M. Barbi, E.G. Parodi e altri), cfr. al
no le seguenti edizioni: *Opere minori*, tomo II, Milar
Napoli 1979 (comprende: *De vulgari eloquentia*, a cur
P.V. Mengaldo; *Monarchia*, a cura di B. Nardi; *Epist*
a cura di A. Frugoni e G. Brugnoli; *Egloge*, a cura di
Cecchini; *Questio de aqua et terra*, a cura di F. Mazzo
e tomo I, parte I, ivi 1984 (in cui la *Vita nuova* è cur
da D. De Robertis; le *Rime, Il Fiore, Il Detto d'Amore*
G. Contini); *Opere minori*, I, Torino 1983, a cura di

árberi Squarotti, S. Cecchin, A. Jacomuzzi, M.G. Stassi contiene *Vita nuova, De vulgari eloquentia, Rime, Eclo-e*), e II, ivi 1986, a cura di F. Chiappelli, E. Fenzi, A. acomuzzi, P. Gaia (contiene *Il Convivio, Epistole, Mo-archia, Questio de aqua et terra*). Utile la raccolta com-lessiva delle *Opere*, Firenze 1965, a cura di L. Blasucci.

La tradizione esegetica sull'opera dantesca s'inizia, a en guardare, con Dante stesso, ove si pensi, in partico-are, all'esposizione letterale e a quella allegorica che egli pera su tre sue canzoni nei trattati II-IV del *Convivio*. algono poi come punto di partenza per la lettura della *Commedia* gli informatissimi commenti trecenteschi di acopo Alighieri, di Filippo Villani e di Giovanni Boc-accio, limitati all'*Inferno* o a parti di esso, e quelli, com-leti, di Iacopo della Lana, Graziolo de' Bambaglioli, ietro Alighieri, l'*Ottimo*, Benvenuto da Imola, France-co da Buti. Tra i commenti quattrocenteschi, a quello di Guiniforte Barzizza — spesso una semplice parafrasi del oema — fecero seguito quelli di Martino Paolo Nibia iù noto sotto lo pseudonimo umanistico di Nidobea-o), che è in buona parte una riproposta (con correzioni aggiornamenti) del testo di Iacopo della Lana, e di Cri-toforo Landino, la cui lettura allegorizzante dipende trettamente dal neoplatonismo ficiniano. I commenti istematici alla *Commedia* editi nel corso del Cinquecen-o non furono fortunati e incisivi come quelli precedenti: li scarso rilievo l'esegesi di Bernardino Daniello e di Alessandro Vellutello, quest'ultima anzi integrata (da Francesco Sansovino) con la chiosa landiniana; Lodovi-o Dolce si limitò ad «allegorie» niente affatto originali; i maggiore interesse le «letture», di singoli passi o can-i, di Pier Francesco Giambullari, Giambattista Gelli e Benedetto Varchi.

Un'utile scelta di questo materiale esegetico è in *La Di-ina Commedia nella figurazione artistica e nel secolare ommento*, Torino, 1924-39, 3 voll., a cura di G. Biagi, J. Cosmo, G.L. Passerini, E. Rostagno.

A «LECTURA DANTIS» MODERNA E L'INTERPRETAZIONE ELLA «COMMEDIA» DA DE SANCTIS A CROCE

Alla tradizione in certo modo già trecentesca (Boccac-io) e poi soprattutto cinquecentesca (si pensi in specie ll'attività dell'Accademia Fiorentina: cfr. le *Lettioni 'Accademici fiorentini sopra Dante*, Firenze 1547, a cura i A.F. Doni) si rifanno ai nostri tempi — naturalmente nche su basi e prospettive critiche nuove e diverse — le arie serie di letture dantesche, in cui, con risultati ov-iamente diseguali, vengono di solito fatti oggetto d'ana-si i singoli canti della *Commedia*. La «Lectura Dantis» noderna s'inaugura a Firenze il 27 aprile 1899, con la

prima delle «letture» di Orsanmichele, a cura della So
cietà dantesca italiana; i testi di tali «letture» sono sta
pubblicati dall'editore Sansoni a Firenze, a partire da
1900. Cfr. inoltre i fascicoli della «Nuova "Lectura Dan
tis"», Roma 1950-59, a cura di S.A. Chimenz; quelli del
la «Lectura Dantis romana», Torino 1959-65, nuova se
rie, diretta di G. Fallani; i 3 voll. di Letture dell'«Infer
no», Letture del «Purgatorio», Letture del «Paradiso»
Milano, rispettivamente 1963, 1965, 1970, a cura di V
Vettori; gli 8 voll. delle «Nuove Letture dantesche», F
renze 1966-76, a cura della Casa di Dante in Roma; i
voll. della «Lectura Dantis scaligera», Firenze 1967-68
diretta da M. Marcazzan; i 16 voll. (al 1987) delle «Let
ture classensi», Ravenna 1966 sgg. E, naturalmente, i
voll. di Letture dantesche, Firenze 1955, a cura di C
Getto, che, accanto a letture e analisi già edite (dell
vecchia sede sansoniana o di altre sedi), ne pubblican
altre composte espressamente, «in modo da raccoglier
intorno a Dante le più diverse tendenze della critica e g
ambienti di cultura più lontani».
Non a caso, tra le pagine scelte da Getto compaion
quelle, celebri, di F. De Sanctis sul canto v dell'Inferno
che pure non possono propriamente essere definite com
«lettura». Ma proprio con la critica romantica la poesi
di Dante tornò a essere studiata, pur con gli entusiasmi
le forzature tipiche dell'epoca. Di tale critica, che avev
rivalutato in Dante il primo poeta nazionale — privile
giando il valore della sua «poesia» rispetto alle finezz
dell'«arte» petrarchesca — sono appunto esemplari, pe
equilibrio e penetrazione d'indagine, oltre che per la pa
sione civile sottesa all'analisi, le pagine della Storia de
sanctisiana, cit. (sempre di F. De Sanctis si vedano l
Lezioni e saggi su Dante, Torino 1955, a cura di S. Ro
magnoli).
Sulla linea della riscoperta di Dante, la critica tardott
centesca ha recato gran messe di contributi in speci
modo a carattere erudito-filologico, concernenti spess
aspetti della formazione e della dottrina letteraria de
poeta e problemi relativi alle opere minori; cfr. in t
senso almeno I. Del Lungo, Dante ne' tempi di Dant
Bologna 1888, e Dal secolo e dal poema di Dante, i
1898; A. D'Ancona, Scritti danteschi, Firenze 191
Strettamente dipendenti dalla scuola storica, ma più ag
guerriti dal punto di vista filologico e insieme più orga
nicamente indirizzati alla valutazione critico-letterari
sono i migliori esponenti della critica del primo Nove
cento, quali F. D'Ovidio, Studii sulla «Divina Comme
dia», Milano - Palermo 1901, Nuovi studii danteschi, Mi
lano 1907 (nuova ed., Napoli 1932, 3 voll.), Nuovo volu
me di studii danteschi, Caserta - Roma 1926; E.G. Par

i, *Poesia e storia nella «Divina Commedia»*, Napoli
921, nuova ed., Venezia 1965, a cura di G. Folena e
.V. Mengaldo; e soprattutto M. Barbi, di cui basti ri-
ordare, oltre al già menzionato lavoro d'editore, quanto
raccolto nelle due serie di *Problemi di critica dantesca*,
irenze 1934 e 1941. Vanno inoltre ricordati i quattro
olumi che K. Vossler ha dedicato allo studio della gene-
. del poema, *La «Divina Commedia» studiata nella sua
enesi e interpretata* (1906-10), Roma - Bari 1983, con
na premessa di G. Petrocchi.
en distinta è la posizione di B. Croce, che nel volume
a poesia di Dante (1921), Bari 1966[11], esamina gli ele-
enti propriamente «poetici» dell'opera dantesca in op-
osizione alle strutture teologico-intellettualistiche di es-
.

A «COMMEDIA» NELLA CRITICA PIÙ RECENTE

a ricerca di un'unità profonda dell'opera dantesca, co-
e portato di una rigorosa e complessa organizzazione
problematiche storico-culturali e linguistico-letterarie,
a condotto, anche mediante indagini su segmenti parti-
olari di essa, a risultati assai fecondi in opere recenti,
uali i saggi di E. Auerbach, ora in Id., *Studi su Dante*,
ilano 1963 (il vol. riunisce *Dante als Dichter der irdi-
hen Welt*, Berlino - Lipsia 1929, e altri scritti minori),
n la ben documentata proposta di una lettura «figura-
» della *Commedia*; o quelli, d'interpretazione simboli-
-allegorica, di Ch.S. Singleton, ora in Id., *La poesia
ella «Divina Commedia»*, Bologna 1978 (riunisce saggi
date diverse). I contributi di G. Contini, raccolti in
., *Un'idea di Dante*, Torino 1976, sottolineano, con va-
età d'approcci, il continuo sperimentalismo innovativo
Dante, centro della cultura del suo tempo e insieme
ortatore in essa di una posizione d'avanguardia. Riven-
cano a Dante una sua indiscutibile autonomia di filo-
ofo gli studi di B. Nardi, tra i quali *Dante e la cultura
edievale* (1942), nuova ed., Roma - Bari 1983, a cura di
. Mazzantini, mentre quelli di É. Gilson, *Dante et la
ilosophie* (1939), Parigi 1953[2], e *Poésie et théologie dans
«Divine Comédie»*, in *Atti del Congresso internazionale
studi danteschi*, Firenze 1965, pp. 197-223, ne fanno il
ortavoce di un originale «aristotelismo cristiano».
eperimento e analisi di fonti filosofiche e latamente
ulturali (si studiano in particolare i rapporti con l'«ari-
otelismo radicale»), soprattutto in vista di una ridi-
ussione del pensiero linguistico di Dante, sono al cen-
o dell'opera di M. Corti, *Dante a un nuovo crocevia*, Fi-
nze 1981 (della stessa studiosa si veda *La felicità men-
le. Nuove prospettive per Cavalcanti e Dante*, Torino
983). Altri contributi recenti: E. Sanguineti, *Interpreta-*

zione di Malebolge, Firenze 1962, e *Il realismo di Dan.*
ivi 1966; M. Fubini, *Il peccato di Ulisse e altri scritti da*
teschi, Milano - Napoli 1966; U. Bosco, *Dante vicir.*
Caltanissetta - Roma 1966 (dello stesso, ora, *Altre pagi*
dantesche, ivi 1987); M. Marti, *Con Dante fra i poeti e*
suo tempo, Lecce 1966; S. Battaglia, *Esemplarità e ant*
gonismo nel pensiero di Dante, Napoli 1967; A. Paglia*
Ulisse. Ricerche semantiche sulla «Divina Commedia
Messina - Firenze 1967; G. Petrocchi, *Itinerari dan*
schi, Bari 1969; E. Raimondi, *Metafora e storia. Studi*
Dante e Petrarca, Torino 1970; A. Tartaro, *Letture da*
tesche, Roma 1980; J. Le Goff, *La nascita del Purgator*
(1981), Torino 1983; E. Bigi, *Forme e significati ne*
«Divina Commedia», Bologna 1981; P. Boyde, *L'uom*
nel cosmo. Filosofia della natura e poesia in Dante (198
ivi 1984; L. Battaglia Ricci, *Dante e la tradiziona letter*
ria medievale. Una proposta per la «Commedia», Pi
1983; W. Binni, *Incontri con Dante*, Ravenna 1983;
Russo, *Il romanzo teologico. Sondaggi sulla «Commedi*
di Dante, Napoli 1984; R. Mercuri, *Semantica di Ger*
ne. Il motivo del viaggio nella «Commedia» di Dante, R
ma 1984 (dello stesso si veda ora anche *Genesi della tr*
dizione letteraria italiana in Dante, Petrarca e Boccacc
in *Letteratura italiana* [Einaudi], *Storia e geografia,*
L'età medievale, Torino 1987, pp. 229-445); M. Mar
Studi su Dante, Galatina 1984.
Sono poi importanti i contributi (non limitati alla *Co*
media) raccolti in «Cultura e scuola», IV, 1965, 13-1
volume speciale sotto gli auspici del Comitato naziona
per le celebrazioni del VII centenario della nascita
Dante.
Specificamente su questioni di metrica, lingua e stile c
almeno: E.G. Parodi, *La rima nella «Divina Commedi*
(1896), in Id., *Lingua e letteratura*, II, Venezia 1957, a c
ra di G. Folena, 203-284; P.M. Bertinetto, *Ritmo e m*
delli ritmici. Analisi computazionale delle funzioni perio
che nella versificazione dantesca, Torino 1973; P.G. B
trami, *Metrica poetica, metrica dantesca*, Pisa 1981; I
Cesura epica, lirica, italiana, in «Metrica», IV (1986), p
67-108; I. Baldelli, *Lingua e stile delle opere in volgare*
Dante, nel vol. di *Appendice* dell'*Enciclopedia dantesc*
Roma 1978, 55-112; R. Ambrosini, F. Brambilla Agen
U. Vignuzzi, M. Medici, F. Agostini, F. Tollemache s
I. Baldelli, *Strutture del volgare di Dante*, ivi, 115-497;
Gorni, *Il nodo della lingua e il verbo d'amore. Studi*
Dante e altri duecentisti, Firenze 1981.
Sul titolo del poema cfr. F. Ferrucci, «Comedia»: *l'inc*
tro con Gerione (1971), in Id., *Il giardino simbolico*, Ro
1980, pp. 9-37, G. Agamben, *Comedia*, in «Paragone
XXVI (1978), 346, pp. 3-27, e R. D'Alfonso, «Comico»

«Commedia»: appunti sul titolo del poema dantesco, in «Filologia e critica», VII (1982), pp. 3-41.

LE «RIME». EDIZIONI E STUDI

Per il testo delle *Rime* è fondamentale l'opera di M. Barbi, *Studi sul Canzoniere di Dante, con nuove indagini sulle raccolte manoscritte e a stampa d'antiche rime italiane*, Firenze 1915. Per alcune correzioni parziali delle conclusioni raggiunte in questa opera, si vedano: B. Panvini, *Studio sui manoscritti dell'antica lirica italiana*, in «Studi di filologia italiana», XI (1951), pp. 5-135; D. De Robertis, *Il Canzoniere Escurialense e la tradizione «veneziana» delle rime dello Stil Novo*, supplemento n. 27 (1954) del «Giornale storico della letteratura italiana»; Id., *Censimento dei manoscritti delle rime di Dante*, in «Studi danteschi», XXXVII (1960), pp. 141-273, XXXVIII (1961), pp. 167-276, XXXIX (1962), pp. 119-210, XL (1963), pp. 443-498, XLI (1964), pp. 103-131, XLII (1965), pp. 419-474, XLIII (1966), pp. 205-238, XLIV (1967), pp. 268-278, XLV (1968), pp. 183-200, XLVII (1970), pp. 225-238. Di M. Barbi sono anche importanti, per il testo e l'interpretazione di gruppi di rime, alcuni saggi riprodotti in *Problemi di critica dantesca*, Firenze 1934-41, 2 voll.

Dei commenti citeremo solo i più notevoli: *Rime* (1939), nuova ed., Torino 1965, a cura di G. Contini; *Rime*, ivi 1943, con introduzione e commento di D. Mattalia; *Rime della «Vita nova» e della giovinezza*, Firenze 1956, a cura di M. Barbi e F. Maggini, *Rime della maturità e dell'esilio*, ivi 1969, a cura di M. Barbi e V. Pernicone.

Sui caratteri della lirica dantesca, oltre l'introduzione di G. Contini al commento citato, si vedano: G. Parodi, *Le «Rime»*, in AA.VV., *Dante: la vita, le opere, le grandi città dantesche, Dante e l'Europa*, Milano 1921, pp. 53-67; N. Sapegno, *Le rime di Dante*, in «La Cultura», IX (1930), pp. 721-737 (ora in AA.VV., *Letteratura e critica. Studi in onore di Natalino Sapegno*, vol. V contenente N. Sapegno, *Pagine disperse*, Roma 1979, pp. 356-371); F. Maggini, *Dalle «Rime» alla lirica del «Paradiso» dantesco*, Firenze 1938; R. Jakobson - P. Valesio, *Vocabulorum constructio in Dante's sonnet «Se vedi li occhi miei»*, in «Studi danteschi», XLIII (1966), pp. 7-33; A. Pézard, *«La rotta gonna». Glosses et corrections aux textes mineurs de Dante*, I, Firenze-Parigi 1967, pp. 17-115; D. De Robertis, *Le rime di Dante*, in «Nuove letture dantesche», I, Firenze 1968, pp. 285-316; M. Pazzaglia, *Note sulla metrica delle prime canzoni dantesche*, in «Lingua e stile», III (1968), pp. 319-331; P. Boyde, *Retorica e stile nella lirica di Dante* (1971), Napoli 1979, a cura di C. Calenda; A. Vallone, *Lettura interna delle «Rime» di Dante*, Roma 1971; I. Baldelli, *Lingua e stile dalle petrose a «Tre donne*», in «La Rassegna della letteratura italiana», LXXXII (1978), pp. 5-17; P. Cudini, *La tenzone tra Dante e Forese e la «Commedia»* (*Inf. XXX; Purg. XXIII-XXIV*), in «Giornale storico della letteratura italiana», CLIX (1982), pp. 1-25.

LA «VITA NUOVA». EDIZIONI E STUDI

La «Vita nuova», edizione critica per cura di M. Barbi, Firenze 1932, costituisce uno dei monumenti della moderna filologia (fondamentali l'ampio discorso sulla tradizione manoscritta, l'apparato e le note giustificative del testo). Ma sul testo del «libello» sono da vedere anche le importanti osservazioni di E.G. Parodi, in «Bullettino della Società dantesca italiana», n.s., XIV (1907), pp. 81-97; inoltre N. Zingarelli, in «Giornale storico della letteratura italiana», LII (1908), pp. 202-211, e F. Beck, in «Zeitschrift für romanische Philologie», XXXII (1907), pp. 371-384, XL (1915), pp. 257-285.
Notevoli le edizioni commentate, a cura di: A. D'Ancona, Pisa 1884; T. Casini, Firenze 1885; G. Melodia, Milano 1905; G.A. Cesareo, Messina 1914; D. Guerri, Firenze 1922; K. Mckenzie, Boston 1922; N. Sapegno, Firenze 1929; D. Mattalia, Torino 1936; A. Pézard, Pisa 1953; e, soprattutto, D. De Robertis, Milano-Napoli 1980. Quasi tutte queste edizioni sono precedute da ampi saggi che formano la più importante bibliografia sulla *Vita nuova*.
Si vedano inoltre, per un'analisi linguistica e stilistica dell'opera: G. Lisio, *L'arte del periodo nelle opere volgari di Dante Alighieri e del secolo XIII*, Bologna 1902; E.G. Parodi, *Lingua e letteratura*, II, Venezia 1957, a cura di G. Folena, pp. 301-328; A. Schiaffini, *Tradizione e poesia nella prosa d'arte italiana dalla latinità medievale al Boccaccio*, Roma 1943²; C. Segre, *La sintassi del periodo nei primi prosatori italiani* (1952), in Id., *Lingua, stile e società*, nuova ed. ampliata, Milano 1974 (sulla *Vita nuova* e su altre opere di Dante, pp. 237 sgg.); B. Terracini, *Pagine e appunti di linguistica storica*, Firenze 1957, pp. 247-272; G. Herczeg, *La struttura del periodo nella prosa della «Vita nuova»*, in Id., *Saggi linguistici e stilistici*, ivi 1972, pp. 7-26. Sommario il giudizio di B. Croce, in *La poesia di Dante*, Bari 1921; ma del Croce cfr. anche *Conversazioni critiche*, III, ivi 1932, pp. 187-190.
Sugli elementi culturali del libro: A. Marigo, *Mistica e scienza nella «Vita nuova»*, Padova 1914 (cfr. la recensione di E.G. Parodi, in «Bullettino della Società dantesca italiana», XXVI [1919], pp. 1-34); J.E. Shaw, *Essays on the «Vita nuova»*, Princeton 1929; Ch.S. Singleton, *Essay on the «Vita nuova»*, Cambridge, Mass., 1948; L. Spitzer, *Bemerkungen zu Dantes «Vita nuova»*, in «Publications

de l'Université d'Istanbul», II (1937), pp. 162-208; F. Figurelli, *Costituzione e carattere della «Vita nuova»*, in «Belfagor», III (1948), pp. 668-683; D. De Robertis, *Il libro della «Vita nuova»*, Firenze 1961; V. Branca, *Poetica del rinnovamento e tradizione agiografica nella «Vita nuova»*, in «Letture classensi», II, Ravenna 1969, pp. 29-68; M. Pazzaglia, *La «Vita nuova» fra agiografia e letteratura*, ivi, VI, Ravenna 1977, pp. 187-210; M. Picone, *Modelli e strutture nella «Vita nuova»*, in «Studi e problemi di critica testuale», 15 (1977), pp. 51-61; D. De Robertis, *Storia della poesia e poesia della propria storia nel XXII della «Vita nuova»*, in «Studi danteschi», LI (1978), pp. 153-179; M. Picone, *Rito e «narratio» nella «Vita nuova»*, in *Dal medioevo al Petrarca. Miscellanea di studi in onore di Vittore Branca*, I, Firenze 1983, pp. 141-157; P. Rigo, *La discesa agli Inferi nella «Vita nuova»*, ivi, I, pp. 159-176; V. Moleta, *«Oggi fa l'anno che nel ciel salisti»: una rilettura della «Vita nuova» XXVII-XXXIV*, in «Giornale storico della letteratura italiana», CLXI (1984), pp. 78-104.

È priva di fondamento l'opinione di coloro che riportano, in tutto o in parte, a epoca posteriore all'esilio la composizione del «libello». Cfr., per esempio: L. Pietrobono, *Saggi danteschi*, Roma 1936, pp. 1-137; B. Nardi, *Nel mondo di Dante*, ivi 1944, pp. 1-20; Id., *Dal «Convivio» alla «Commedia»*, ivi 1960, pp. 127-131.

ALTRE OPERE MINORI

Sul *De vulgari eloquentia* e sulle teorie linguistiche dantesche si vedano A. Pagliaro, *I «primissima signa» nella dottrina linguistica di Dante* (1947), in Id., *Nuovi saggi di critica semantica*, Messina - Firenze 1956, pp. 215-238; G. Vinay, *Ricerche sul «De vulgari eloquentia»*, in «Giornale storico della letteratura italiana», CXXXVI (1959), pp. 236-274 e 367-388; M. Pazzaglia, *Il verso e l'arte della canzone nel «De vulgari eloquentia»*, Firenze 1967; P.V. Mengaldo, *Linguistica e retorica di Dante*, Pisa 1978.

Tra gli studi sul *Convivio* sono da consultare: A. Pézard, *Le «Convivio» de Dante*, Parigi 1940; C. Segre, *Il «Convivio» di Dante Alighieri* (1952), in Id., *Lingua, stile e società* (1963), II ed. riveduta e ampliata, Milano 1974, pp. 227-270; A. Vallone, *La prosa del «Convivio»*, Firenze 1957; B. Nardi, *Dal «Convivio» alla «Commedia»*, Roma 1960; M. Simonelli, *Materiali per un'edizione del «Convivio» di Dante*, Roma 1970; e le «letture» dei quattro libri, dovute rispettivamente a G. Fallani, D. Consoli, R. Lo Cascio, F. Salsano, nel vol. III delle «Nuove Letture dantesche», Firenze 1976. Si vedano inoltre gli studi di M. Corti (*Dante a un nuovo crocevia*, ivi 1981, e *La felici tà mentale. Nuove prospettive per Cavalcanti e Dante*, Torino 1983). Importante è l'ed. *Il Convivio* (1934-37), Firenze 1964², 2 voll., a cura di G. Busnelli e G. Vandelli, con introduzione di M. Barbi e appendici di aggiornamento di A.E. Quaglio (cfr. anche il tentativo di ed. critica di M. Simonelli, Bologna 1966).

Molto dibattuto è stato il problema della datazione della *Monarchia*, di fondamentale importanza per la datazione del *Paradiso* dantesco (fra l'altro, per l'inciso di I, 12, 6: «come ho già detto nel Paradiso della Commedia»). Utili contributi sulle varie posizioni nell'introduzione scritta da G. Vinay all'ed. da lui curata (Firenze 1950) e in M. Pastore Stocchi, «*Monarchia*». *Testo e cronologia*, in «Cultura e scuola», IV (1965), 13-14, pp. 714-721. Sul pensiero politico di Dante, cfr. almeno A. Passerin D'Entrèves, *Dante politico e altri saggi* (1952), Torino 1955; G. Vinay, *Interpretazione della «Monarchia» di Dante*, Firenze 1962; J. Goudet, *Dante et la politique*, Parigi 1969. L'ed. critica del *Monarchia* è stata curata da P.G. Ricci, Milano 1965.

Sulle *Epistole* si veda l'introduzione di P. Toynbee alla ed. critica *Dantis Alagherii Epistolae*, Oxford 1920. Particolarmente dibattuta l'autenticità della *Epistola a Cangrande*, messa in dubbio da F. Scolari agli inizi dell'Ottocento. Al riguardo cfr. F. Mazzoni, *L'«Epistola a Cangrande»*, in «Atti dell'Accademia nazionale dei Lincei. Rendiconti», Classe di Scienze morali, storiche e filologiche, serie VIII, X (1955), pp. 157-198 (dello stesso, *Le «Epistole» di Dante*, nel vol. misc. *Conferenze aretine*, Arezzo 1966, pp. 47-101), e B. Nardi, *Il punto sull'«Epistola a Cangrande»*, Firenze 1960.

I dubbi avanzati sull'autenticità delle *Egloghe* da A. Rossi, *Dante, Boccaccio e la laurea poetica*, in «Paragone», XIII (1962), 150, pp. 3-41 (dello stesso si vedano anche *Il carme di Giovanni del Virgilio a Dante*, in «Studi danteschi», XL [1963], pp. 133-278, *Boccaccio autore della corrispondenza Dante-Giovanni del Virgilio*, in «Miscellanea storica della Valdelsa», LXIX [1963], pp. 130-172, e poi «*Dossier*» *di un'attribuzione*, in «Paragone», XIX [1968], 216, pp. 61-125), sono stati respinti da G. Padoan (cfr. «Studi sul Boccaccio», I [1963], pp. 517-540, e II [1964], pp. 475-507). Cfr. pure i contributi di C. Battisti, *Le «Egloghe» dantesche*, in «Studi danteschi», XXXIII (1955-56) pp. 61-111, e di G. Reggio, *Le «Egloghe» di Dante*, Firenze 1969.

Discussa anche l'autenticità della *Questio de aqua et terra*. La nega B. Nardi, di cui cfr. *La caduta di Lucifero e l'autenticità della «Questio de aqua et terra»*, Torino 1959. La paternità dantesca è invece sostenuta da F. Mazzoni, *La «Questio de aqua et terra»* (1957), in Id.,

Contributi di filologia dantesca, prima serie, Firenze 1966, 36-79. Una messa a punto delle varie posizioni nell'introduzione di G. Padoan all'ed. *De situ et forma aque et terre*, ivi 1968.

La paternità dantesca del poemetto *Il Fiore* è stata discussa per più di un secolo e tuttora suscita qualche perplessità. Ma è voce autorevolissima a suo favore quella di G. Contini, cui si deve la recente ed. de *Il Fiore e il Detto d'Amore*, Milano 1984.

LA FORTUNA DI DANTE

Indicati i lavori principali sulla storia della critica dantesca (F. Maggini, *La critica dantesca dal Trecento ai giorni nostri*, in *Problemi ed orientamenti critici di lingua e letteratura italiana* [Marzorati], III (*Questioni e correnti di storia letteraria*), Milano 1949, pp. 123-166; L. Martinelli, *Dante*, Palermo 1966; C. Dionisotti, *Varia fortuna di Dante*, 1966, in Id., *Geografia e storia della letteratura italiana*, Torino 1967, pp. 255-303; A. Vallone, *Storia della critica dantesca dal XIV al XX secolo*, Padova 1981), rimarrebbe da dire di una «fortuna di Dante» in senso lato, quale si è manifestata presso pensatori e scrittori italiani e stranieri di epoche diverse; ma ne risulterebbe un capitolo a sé di storia della cultura, incompatibile con i limiti di questa bibliografia. Basti ricordare, in ambito trecentesco, le suggestioni dantesche presenti nello stesso Boccaccio dell'*Amorosa visione* e nel Petrarca dei *Trionfi*. Per il secolo successivo, dopo le riserve di certo umanesimo che condannava in Dante l'uomo e lo scrittore del medioevo (pur senza dimenticarne la profonda dottrina e l'impegno «civile»: per l'uno e per l'altro aspetto si vedano, rispettivamente, il primo e il secondo dei *Dialoghi ad Petrum Histrum* di L. Bruni, ora in E. Garin, a cura di, *Prosatori latini del Quattrocento*, Milano - Napoli 1952, pp. 44-49), l'interpretazione allegorizzante di C. Landino (*Comento sopra la «Comedia» di Dante Alighieri poeta fiorentino*, Firenze 1481) aprì a Dante il mondo del neoplatonismo ficiniano. Ma a distanza di solo qualche decennio le pregiudiziali classicistiche di P. Bembo sembrarono distaccare definitivamente Dante dal circuito vitale della produzione letteraria a tutto vantaggio della soluzione linguistica e stilistica petrarchesca (*Prose della volgar lingua*, in Id., *Prose e Rime*, Torino 1966, a cura di C. Dionisotti), mentre sull'altro versante — per intenderci quello del *Discorso o dialogo intorno alla nostra lingua* attribuito a N. Machiavelli — si metteva in risalto il tradimento del fiorentino in nome di un'inesistente lingua italiana. Tutto questo almeno fino alle riletture dei vari B. Varchi (*Lezioni sul Dante e prose varie*, Firenze 1841, 2 voll., a cura di G.

Aiazzi e L. Arbib), V. Buonanni (*Discorso sopra la prima cantica del divinissimo theologo Dante d'Alighieri del Bello nobilissimo fiorentino, intitolata Commedia*, ivi 1572: di fatto, un'ed. dell'*Inferno*, in cui, canto per canto, il testo è seguito da note; importante in quanto unica, benché parziale, ed. della *Commedia* apparsa a Firenze tra il 1506 e il 1595), V. Borghini (*Introduzione al poema di Dante per l'allegoria*, in *Studi sulla «Divina Commedia» di Galileo Galilei, Vincenzio Borghini e altri*, ivi 1855, a cura di O. Gigli, pp. 151-176), e alla difesa di I. Mazzoni (*Discorso in difesa della Commedia del divino poeta Dante*, stampato per la prima volta a Bologna nel 1572 con lo pseudonimo di Donato Roffia, poi Cesena 1573, e, rielaborato, ivi 1587 per la prima parte, ivi 1688 per la seconda; l'*Introduzione* è stata riproposta a cura di E. Musacchio e G. Pellegrini, Bologna 1982).

L'interesse per Dante resta comunque documentato dalle due «lezioni» *Circa la figura, sito e grandezza dell'«Inferno» di Dante* di G. Galilei (1587-88), ora in Id., *Scritti letterari* (1943), Firenze 1970[2], a cura di A. Chiari, pp. 45-80; dai numerosi pensieri e interventi di G.B. Vico, che giunse nel 1729 a scrivere una prefazione (pubblicata solo nel 1818 col titolo di *Giudizio intorno a Dante*) al commento del padre Pompeo Venturi (in questa prefazione si distinguono tre «riguardi» per cui si deve leggere la *Commedia*: come «storia de' tempi barbari d'Italia», come «fonte di bellissimi parlari toscani», come grande opera poetica); dai giudizi antidanteschi espressi da Voltaire, in più luoghi delle sue opere, e da S. Bettinelli nelle sue *Lettere virgiliane*, Venezia 1758 (cfr. Id., *Lettere virgiliane e inglesi e altri scritti critici*, Bari 1930, a cura di V.E. Alfieri), con la relativa replica di G. Gozzi, *Difesa di Dante*, Venezia 1758 (cfr. l'ed. Modena 1893, a cura di A. Galassini); dai riferimenti, pur contraddittori, a Dante nell'opera goethiana (cfr. la «voce» *Goethe* di W.Th. Elwert, in *Enciclopedia dantesca*, III, Roma 1971, pp. 245-246). Con U. Foscolo (*La «Commedia» di Dante Alighieri illustrata da U. Foscolo*, I, Londra 1825, contenente il *Discorso sul testo del poema di Dante*) si può a ragione parlare di «culto» della *Commedia*, intesa come espressione di tutto un popolo e di tutta un'epoca e come tale messa allo stesso livello dei poemi omerici e dei drammi shakespeariani. Ed è ben noto l'interesse di G.W.F. Hegel per la *Commedia*, considerata come l'opera più ricca e matura del medioevo cattolico (cfr. la sua *Estetica*, 1836-38, Milano 1963, a cura di N. Merker, *passim*). G. Leopardi torna più volte su Dante nello *Zibaldone*, interpretandone spesso l'arte alla luce della propria poetica: Dante, poeta «naturale», «incorrotto» dalla civiltà scientifico-razionale, diviene una sorta di mito, di *exemplum*; A. Manzoni s'interessa in particolare delle teorie linguistiche di Dante (si veda in proposito la sua *Lettera intorno al libro «De vulgari eloquio» di Dante Alighieri* indirizzata nel 1868 a R. Bonghi), senza peraltro mostrare mai soverchia ammirazione per il complesso dell'opera e della personalità dantesche.

Tra gli scrittori novecenteschi che si sono occupati in senso specificamente critico di Dante, si è già avuto modo di citare G. Pascoli: la sua interpretazione allegorico-simbolica è consegnata ai saggi *Minerva oscura*, Livorno 1898, *Sotto il velame*, Messina 1900, *La mirabile visione*, ivi 1902, ora riuniti in Id., *Scritti danteschi*, Milano 1952. A L. Pirandello si devono numerose note e scritti danteschi (in Id., *Saggi, poesie, scritti varii*, 1960, Milano 1973[3], a cura di M. Lo Vecchio-Musti), tra cui appare notevole una *Lectura Dantis* (Firenze, 3 febbraio 1916) su *La commedia dei diavoli e la tragedia di Dante* (in Id., *Saggi, poesie, scritti varii*, citt., pp. 343-361). A E. Pound (cfr. in particolare Id., *Lo spirito romanzo*, 1910, Firenze 1959) si devono indicazioni suggestive per un più sottile approfondimento dei rapporti fra simboli, allegorie, idee e poesia, oltre che un'attenzione notevole alla molteplicità degli esiti stilistici e specificamente lessicali danteschi. È da Pound che T.S. Eliot prende coscienza della grandezza di Dante; scopo del suo *Dante* (1929), Modena 1942, è «persuadere il lettore innanzitutto dell'importanza di Dante quale maestro — potrei finanche dire *il* maestro —, per un poeta che scriva oggi in qualsiasi lingua». Va infine ricordato almeno E. Montale, la cui ricerca di un nuovo, raddensato linguaggio poetico si sostanzia non infrequentemente d'immagini ed espressioni dantesche; e di Montale cfr. *Dante ieri e oggi* (1966), in Id., *Sulla poesia*, Milano 1976, a cura di G. Zampa, pp. 15-34. Testimonia infine la persistenza della fortuna dantesca a ogni latitudine geografica il libro suggestivo dello scrittore svedese O. Lagercranz, *Scrivere come Dio. Dall'inferno al paradiso* (1964), Casale Monferrato 1983.

(a cura di Piero Cudini)

I-III

Introdotto l'argomento, il poeta ricorda di aver veduto per la prima volta Beatrice all'età di nove anni: Beatrice non ne aveva che poco più di otto. Nove anni più tardi, la rivede accompagnata da «due gentili donne». Ella gli rivolse il saluto, ed è l'ora nona. Tornato alla sua camera, ha in sonno una visione: entro una nube «di colore di fuoco» gli appare Amore, divenuto signore della sua anima. Nelle braccia di Amore, che regge in una mano il cuore del poeta, è una donna assopita, avvolta in un manto rosso. Risvegliatala, Amore la invita a mangiare di quel cuore, dopo di che la donna prende a piangere e Amore la trasporta verso il cielo. Questa visione costituisce anche il contenuto del primo sonetto: «A ciascun'alma presa e gentil core».

IV-VI

Amore ha ormai tolto al poeta ogni vigore e gli amici se ne preoccupano. Dante lo ammette, ma non svela il nome della amata. In una chiesa, durante le litanie, s'accorge che tra lui e Beatrice si trova una «donna di molto piacevole aspetto» che lo guarda, convinta che l'attenzione degli occhi di Dante sia rivolta a lei. I presenti credono allora che proprio questa donna sia la causa del malessere del poeta, che ne approfitta per fare di lei «schermo de la veritate». Di questa difesa, anzi, il poeta continuerà a servirsi per alcuni anni, dedicando anche alla donna dello schermo alcune poesie. Volendo ricordare invece, in un serventese, tra quelli delle sessanta più belle donne della città, il nome dell'amata, s'accorgerà che Beatrice potrà figurare, in giusta rima, al nono posto: ancora una volta Dante insiste sul numero nove.

VII-IX

Essendo partita la donna dello schermo, Dante decide di dedicarle nuovi versi, nei quali lamentare il dolore della separazione. A questo scopo compone «O voi che per la via d'Amor passate». In seguito, muore una gentile donna della città e molte altre donne vanno a piangere sopra le sue spoglie. Poiché costei era stata amica della sua donna, ne lamenta la scomparsa in due poesie, sottolineando nella prima («Piangete amanti, poi che piange Amore») gli onori tributati alla morta da Amore, cioè da Beatrice stessa, e nella seconda («Morte villana di pietà nemica») biasimando la morte. Dopo questi fatti, egli decide di recarsi in viaggio in luoghi non lontani dalla donna che era stata sua difesa. Lungo la strada gli appare Amore, vestito da misero pellegrino, che gli ispira l'immagine di una seconda donna dello schermo. «Cavalcando l'altrier per un cammino» è il sonetto legato a questa vicenda.

X-XVI

Dopo un inizio assai vicino agli schemi e al tono della lirica provenzaleggiante, Dante entra in una nuova fase dell'opera più decisamente legata ai moduli dello stilnovismo, in particolare alla poesia del suo amico Guido Cavalcanti, con evidente risalto di alcuni elementi chiave, come il saluto negato, l'amore passione e quindi i contrasti interiori e con la donna amata. Dante cerca immediatamente la seconda donna dello schermo. Trovatala, il suo amore per lei diviene cosa assai nota, tanto che Beatrice, incontrandolo, gli nega il saluto, ragione essenziale della sua felicità. Tornato piangente nella sua camera, ha una nuova visione (nella nona ora) in sogno: un «giovane vestito di bianchissimo», cioè Amore, il quale gli rivela le ragioni del saluto mancato e lo invita finalmente ad abbandonare ogni finzione, rendendo noto il suo animo all'amata attraverso una poesia. «Ballata, i' voi che tu ritrovi Amore». Il poeta è quindi preso da pensieri contrastanti sull'Amore, pensieri che gli ispirano la composizione di un sonetto: «Tutti li miei pensier parlan d'Amore». Condotto in una casa dove alcune donne erano radunate attorno ad una loro amica da poco sposata, scorge tra esse Beatrice e ne prova un'immediata, fortissima emozione, che gli ispira il sonetto: «Con l'altre donne mia vista gabbate». Qui afferma, tra l'altro, che se l'amata sapesse ciò che egli prova, muterebbe il suo freddo atteggiamento e certo non lo deriderebbe, come aveva fatto con le altre quel giorno, per il suo aspetto trasfigurato da Amore. Dante spiega quindi, in altri due capitoli e in due sonetti, quali tormenti e contrasti dell'animo gli infligga Amore.

Incontrandosi con alcune donne, a Dante è richiesta spiegazione del suo comportamento. Egli ricorda l'episodio del saluto, per lui tanto importante, e che egli è stato negato. Le donne gli rimproverano una certa incoerenza, nel non esprimere le lodi dell'amata nei suoi versi. Dante sente desiderio di comporre quindi una poesia, ma vuole dedicarla non a tutte, bensì soltanto ai cuori gentili. Si tratta della famosissima canzone «Donne ch'avete intelletto d'amore», autentico esempio di lode della donna, secondo la poetica stilnovista. Vi si afferma, tra l'altro, che se il poeta non fosse tanto colpito dall'altezza dell'argomento, farebbe «parlando innamorar la gente» e che inoltre chi osservi lei, desiderata in cielo, o diviene «nobil cosa» o muore. Segue quindi un sonetto («Amore e 'l cor gentil») nel quale Dante esprime l'essenza e il significato dell'amore, i suoi strettissimi legami in potenza e in atto con il cuore, facendo preciso riferimento alla notissima poesia «Al cor gentil» di Guinizelli, vero maestro in materia. Per completare la lode della donna, il poeta vuole dimostrare com'ella sia in grado di svegliare Amore non solo dove già dorme, ma persino dove non è in potenza. Ed è anche l'argomento di un nuovo sonetto, nel quale, appunto, si dice come questa donna, che porta Amore «Ne li occhi», renda «gentil ciò ch'ella mira», e come fuggano «dinanzi a lei superbia ed ira».

Muore il padre di Beatrice e alla circostanza il poeta dedica due sonetti, legati tra di loro. Nel primo è Dante che si rivolge alle donne che vengono dall'aver visto Beatrice e il suo dolore; nel secondo sono le stesse donne che gli parlano: lo riconoscono alla voce, ma si meravigliano del suo aspetto, trasfigurato dal dolore. Nei giorni seguenti il poeta si ammala e allorché le sue condizioni peggiorano (dopo nove giorni di malattia) cade in delirio e immagina la morte di Beatrice. Una volta guarito, decide di narrare quanto avvenuto in una lunga canzone («Donna pietosa e di novella etade»). Un giorno, mentre si trova seduto in solitudine, ha una nuova «imaginazione d'Amore». Vede quindi venire verso di lui una gentile donna, che era stata amata dal suo amico Guido Cavalcanti. Il suo nome è Giovanna e il suo soprannome «Primavera». Come per un gioco di parole, essendo Giovanna seguita da Beatrice, al poeta sembra che Amore gli sussurri che il soprannome «Primavera» stia ad indicare «prima verrà», colei che precederà (e che qui, di fatto, precede), cioè, Beatrice. Segue un sonetto che riassume quest'incontro con «monna Vanna e monna Bice». Un lungo capitolo è dedicato al chiarimento delle differenze tra poeti e rimatori, cioè tra poeti in lingua latina e in volgare, a proposito dei soggetti trattati e in particolar modo a chiarimento di una possibile obiezione rivolta al fatto che Dante presenta Amore come sostanza e come sostanza corporale, facendolo muovere, parlare, ridere.

XXVI-XXVII

La lode della donna amata tocca il suo punto di massima intensità lirica e di straordinaria limpidezza formale nelle pagine del cap. XXVI. Al suo passare per la via, nessuno osa levare gli occhi per guardarla e chiunque la veda sospira, convinto di scorgere in lei una meraviglia divina, «cosa venuta / da cielo in terra a miracol mostrare». Al famosissimo sonetto «Tanto gentile e tanto onesta pare», ne segue un secondo, nel quale il poeta parla di come le straordinarie virtù della sua donna vengano irradiate alle compagne. Segue un'altra poesia, nella quale è espressa la nuova sensazione di soave serenità provocata da Amore nel poeta, che trova questa sua condizione di pace e di appagamento nel lodare la donna amata.

XXVIII-XXXIV

Beatrice muore. Inizia da questo punto la seconda parte del libro, dedicata alla memoria della «gentilissima donna». Dante dà ragione dell'importanza del numero nove, nella vita di Beatrice, riconducendolo al tre, cioè alla Trinità, che ne è la radice. In tal modo dimostra l'essenza miracolosa di Beatrice. Riferendosi all'inizio del XXVIII capitolo, tratto dal principio delle «Lamentazioni di Geremia» e citato in latino, il poeta precisa che sua intenzione era quella di scrivere in volgare e che pertanto solo in questa lingua potrà continuare ragionevolmente. Per sfogarsi, com'egli stesso dice, Dante ritorna a scrivere versi, con la canzone «Li occhi dolenti per pietà del core». Udita questa poesia, si reca da lui un amico, un fratello di Beatrice, il quale, senza fare il suo nome, lo prega di scrivere dei versi sulla morte di una donna: «Venite a intender li sospiri miei». A questo sonetto egli aggiunge una canzone in due strofe: nella prima è il congiunto che della sua morte si lamenta; nella seconda lo stesso Dante. Nell'anniversario della morte di Beatrice, Dante, mentre è seduto a disegnare un angelo, s'avvede che presso di lui si trovano alcune persone. Quando costoro se ne sono andate, il poeta pensa di scrivere versi riferiti a quel particolare momento ai suoi pensieri rivolti a Beatrice, alla «donna gentil cui piange Amore», proprio mentre nota d'essere osservato in ciò che sta disegnando.

XXXV-XXXIX

Assorto nel suo dolore, Dante s'accorge d'essere osservato, alla finestra, da «una gentile donna giovane e bella molto», che dimostra di comprendere il suo dolore. Imbarazzato, il poeta s'allontana, supponendo che con quella donna si trovi Amore. Scrive quindi un sonetto, nel quale si rivolge a lei, confessandole d'essersi sottratto alla sua vista perché commosso. Rivedendola, considera come il suo aspetto e il suo colore, «palido quasi come d'amore», gli ricordino Beatrice. A volte, non potendo sfogare il suo dolore, si reca da lei, attrattovi dal suo «color d'amore» e dalla sua espressione pietosa, come dirà in un sonetto nel quale è facile ravvisare l'inizio dell'amore. Dante sente come un rimorso per l'interesse che prova ormai per questa donna e compone un sonetto nel quale il suo cuore lo rimprovera per la sua «vanità» e leggerezza. Il suo animo è sempre più combattuto e il suo più grande desiderio è quello di conservare nella memoria il ricordo della sua «gentilissima donna», rispetto a quello di vedere colei che comunque ha preso a interessarlo. È quindi combattuto tra «cuore» («appetito sensitivo») e «anima», cioè la ragione fedele a Beatrice. A questo proposito scrive un sonetto: «Gentil pensero che parla di vui». Ha quindi (quasi nell'ora nona) una visione di Beatrice, alla quale ritorna interamente e i suoi occhi, presi quasi soltanto dal piangere la donna scomparsa, non possono più badare a chi li guardi pietosamente. Come di consueto, dal precedente spunto Dante trae una poesia, il sonetto «Lasso! per forza di molti sospiri».

XL-XLII

Gruppi di pellegrini, durante la Settimana Santa, recandosi a Roma per adorare in San Pietro il velo dato a Cristo dalla Veronica, passano per Firenze. Il poeta pensa che nessuno di loro ha conoscenza di chi fu la «gentilissima donna» e si propone allora di comporre un sonetto («Deh peregrini che pensosi andate») nel quale spieghi ai pellegrini come la città che essi attraversano abbia perduto «la sua beatrice». Dante compone quindi un ultimo sonetto, «Oltre la spera che più larga gira», nel quale è evidente come l'amore per Beatrice sia divenuto per Dante autentico mezzo per raggiungere un livello più alto di spiritualità e quasi un'intuizione di ciò che è divino. Ed è an-

che qui la conclusione della *Vita nuova*. Infatti, dopo una «mirabile visione», di Beatrice, il poeta decide di non dire più della
sua donna fino a quando non potrà più degnamente trattare di
lei.

VITA NUOVA

I. In quella parte del libro de la mia memoria[1] dinanzi a la quale poco si potrebbe leggere,[2] si trova una rubrica[3] la quale dice: *Incipit vita nova.* Sotto la quale rubrica io trovo scritte le parole le quali è mio intendimento d'assemplare[4] in questo libello,[5] e se non tutte, almeno la loro sentenzia.[6]

II. [I]. Nove fiate[7] già appresso lo mio nascimento era tornato lo cielo de la luce[8] quasi a uno medesimo punto, quanto a la sua propria girazione, quando a li miei occhi apparve prima la gloriosa donna[9] de la mia mente, la quale fu chiamata da molti Beatrice li quali non sapeano che si chiamare.[10] Ella era in questa vita già stata tanto, che ne lo suo tempo lo cielo stellato era mosso verso la parte d'oriente de le dodici parti l'una d'un grado,[11] sì che

1 *libro de la mia memoria*: l'immagine della memoria come di un libro in cui sono scritti i ricordi tornerà nella *Commedia* (*Inferno*, II, 8). Non è un'invenzione di Dante.

2 *poco... leggere*: prima di allora poco era avvenuto.

3 *rubrica*: titolo, scritto in rosso, col minio, dei capitoli di un libro. Questo titolo dice: *Incomincia la Vita Nuova.*

4 *assemplare*: esemplare, trascrivere.   5 *libello*: piccolo libro.

6 *sentenzia*: senso, significato.

7 *fiate*: volte. Erano trascorsi nove anni dalla nascita di Dante. Siamo dunque nel 1274. Il numero nove è simbolo di perfezione (3×3).

8 *lo cielo de la luce*: il sole.

9 *gloriosa donna*: « gloriosa » perché sarà poi assunta in cielo; « donna », nel significato del latino *domina*: signora, padrona.

10 *li quali... chiamare*: la chiamavano Beatrice, dato il suo aspetto beatificante, anche coloro che non ne conoscevano il nome. Si tratta, storicamente, di Beatrice figlia di Folco Portinari.

11 *de le dodici parti l'una d'un grado*: « il cielo stellato si muove di un grado ogni secolo (cfr. *Convivio*, II, v, 16); Beatrice aveva vissuto dunque un dodicesimo di secolo, poco più di otto anni » (Chiappelli).

quasi dal principio del suo anno nono apparve a me, ed io la vidi quasi da la fine del mio nono. Apparve vestita di nobilissimo colore, umile e onesto, sanguigno,[1] cinta e ornata a la guisa che a la sua giovanissima etade si convenia. In quello punto dico veracemente che lo spirito de la vita,[2] lo quale dimora ne la secretissima camera de lo cuore,[3] cominciò a tremare sì fortemente, che apparia ne li menimi polsi[4] orribilmente; e tremando disse queste parole: « Ecce deus fortior me, qui veniens dominabitur michi ».[5] In quello punto lo spirito animale, lo quale dimora ne l'alta camera[6] ne la quale tutti li spiriti sensitivi portano le loro percezioni, si cominciò a maravigliare molto, e parlando spezialmente a li spiriti del viso,[7] sì disse queste parole: « Apparuit iam beatitudo vestra ».[8] In quello punto lo spirito naturale, lo quale dimora in quella parte ove si ministra lo nutrimento nostro,[9] cominciò a piangere, e piangendo disse queste parole: « Heu miser, quia frequenter impeditus ero deinceps! »[10] D'allora innanzi dico che Amore segnoreggiò la mia anima, la quale fu sì tosto a lui disponsata,[11] e cominciò a prendere sopra me tanta sicurtade e tanta signoria per la vertù che li dava la mia imaginazione, che me convenia fare tutti li suoi piaceri compiutamente. Elli mi comandava molte volte che io cercasse per vedere questa angiola giovanissima; onde io ne la mia puerizia molte volte l'andai cercando, e vedeala di sì nobili e laudabili portamenti, che certo di lei si potea dire

1 *sanguigno*: colore rosso, forse come simbolo dell'« ardore di carità ».
2 *spirito de la vita*: la forza da cui deriva la vita.
3 *ne la secretissima camera de lo cuore*: nel cuore, nel luogo più intimo dell'uomo. Secondo la tradizione agivano nell'uomo tre forze distinte: vitale, animale o sensitiva, naturale o vegetativa. La teoria è esposta anche nel *Convivio* (III, II, 11; IV, VII, 14; IV, XXIII, 3).
4 *ne li menimi polsi*: nei battiti circolatori anche più lontani dal cuore.
5 *Ecce deus... michi*: ecco un dio più forte di me, che viene a signoreggiarmi.
6 *alta camera*: il cervello.
7 *spiriti del viso*: la forza che anima l'organo della vista (*viso*: vista).
8 *Apparuit... vestra*: è apparsa la vostra beatitudine.
9 *ove si ministra... nostro*: nello stomaco.
10 *Heu miser... deinceps*: Ahimè, che in avvenire sarò spesso impedito.
11 *disponsata*: sposata.

2

quella parola del poeta Omero:[1] « Ella non parea figliuola d'uomo mortale, ma di deo ». E avvegna che la sua imagine, la quale continuamente meco stava, fosse baldanza d'Amore[2] a segnoreggiare me, tuttavia era di sì nobilissima vertù, che nulla volta sofferse che Amore mi reggesse sanza lo fedele consiglio de la ragione in quelle cose là ove cotale consiglio fosse utile a udire. E però che soprastare[3] a le passioni e atti di tanta gioventudine pare alcuno parlare fabuloso,[4] mi partirò da esse; e trapassando molte cose[5] le quali si potrebbero trarre de l'essemplo onde nascono queste, verrò a quelle parole le quali sono scritte ne la mia memoria sotto maggiori paragrafi.[6]

III [II]. Poi che furono passati tanti die, che appunto erano compiuti li nove anni appresso[7] l'apparimento soprascritto di questa gentilissima, ne l'ultimo di questi die avvenne che questa mirabile donna apparve a me vestita di colore bianchissimo, in mezzo a due gentili donne, le quali erano di più lunga etade; e passando per una via, volse li occhi verso quella parte ov'io era molto pauroso,[8] e per la sua ineffabile cortesia, la quale è oggi meritata nel grande secolo,[9] mi salutoe molto virtuosamente, tanto che me parve allora vedere tutti li termini de la beatitudine.[10] L'ora che lo suo dolcissimo salutare mi giunse, era fermamente[11] nona di quello giorno; e però che quella fu la prima volta che le sue parole si mossero per venire a li miei

1 *parola del poeta Omero*: il riferimento è forse alle parole dette da Ulisse a Nausicaa (*Odissea*, VI, 149 sgg.), o alla descrizione di Ettore nell'*Iliade* (XXIV, 258), che « non pareva d'uomo mortale essere figliolo, ma di Dio ». Dante poteva aver trovato queste citazioni nell'*Etica* di Aristotele.

2 *fosse... d'Amore*: desse baldanza ad Amore, all'amore che era in Dante.

3 *soprastare*: trattenersi, soffermarsi a parlare delle passioni.

4 *parlare fabuloso*: senza fondamento.

5 *trapassando molte cose*: tralasciando di dire molte cose.

6 *maggiori paragrafi*: fatti più notevoli.   7 *nove anni appresso*: nel 1283.

8 *pauroso*: turbato, trepidante.

9 *meritata nel grande secolo*: ricompensata in paradiso (*secolo*: mondo).

10 *tutti li termini de la beatitudine*: gli estremi confini della beatitudine (cfr. *Paradiso*, XV, 35-6).

11 *fermamente*: sicuramente, proprio le tre precise.

orecchi, presi tanta dolcezza, che come inebriato mi partio da le genti, e ricorsi a lo solingo luogo d'una mia camera,[1] e puosimi a pensare di questa cortesissima. [III] E pensando di lei, mi sopragiunse uno soave sonno, ne lo quale m'apparve una maravigliosa visione: che me parea vedere ne la mia camera una nebula[2] di colore di fuoco, dentro a la quale io discernea una figura d'uno segnore di pauroso aspetto[3] a chi la guardasse; e pareami con tanta letizia,[4] quanto a sé, che mirabile cosa era; e ne le sue parole dicea molte cose, le quali io non intendea se non poche; tra le quali intendea queste: « Ego dominus tuus ».[5] Ne le sue braccia mi parea vedere una persona dormire nuda, salvo che involta mi parea in uno drappo sanguigno leggeramente; la quale io riguardando molto intentivamente,[6] conobbi ch'era la donna de la salute,[7] la quale m'avea lo giorno dinanzi degnato di salutare. E ne l'una de le mani mi parea che questi tenesse una cosa la quale ardesse tutta, e pareami che mi dicesse queste parole: « Vide cor tuum ».[8] E quando elli era stato alquanto, pareami che disvegliasse questa che dormia; e tanto si sforzava per suo ingegno, che le facea mangiare questa cosa che in mano li ardea, la quale ella mangiava dubitosamente.[9]

1 *ricorsi... camera*: mi appartai, mi rifugiai nella mia camera.

2 *nebula*: nuvola.

3 *segnore di pauroso aspetto*: di aspetto terribile. Questo tratto di terribilità dell'Amore è anche in Cavalcanti.

4 *tanta letizia*: l'apparizione di Amore provoca insieme paura e gioia.

5 *Ego dominus tuus*: io sono il tuo signore.

6 *molto intentivamente*: con grande attenzione.

7 *la donna de la salute*: nel termine *salute* fanno amalgama sia l'idea di salvezza che l'atto del salutare.

8 *Vide cor tuum*: guarda il tuo cuore.

9 *mangiava dubitosamente*: mangiava con paura, timorosamente. Anche questa immagine non era ai tempi di Dante così insolita come oggi potrebbe sembrare. « A parte il caso del serventese di Sordello, in cui il cuore di ser Blacatz è distribuito fra i principi del suo tempo, perché se ne cibino, c'è da ricordare la novella boccaccesca del *cuore mangiato*; quella di Guglielmo Rossiglione, che dà a mangiare alla moglie il cuore di messer Guglielmo Guardastagno. Queste immaginazioni non hanno nulla di macabro, perché il significato allegorico ne attenua la terribilità realistica, oppure tutto è trasferito in un cielo di gentilezza cavalleresca. » (Russo).

Appresso ciò poco dimorava che la sua letizia si convertia in amarissimo pianto; e così piangendo, si ricogliea[1] questa donna ne le sue braccia, e con essa mi parea che si ne gisse verso lo cielo; onde io sostenea sì grande angoscia, che lo mio deboletto sonno non poteo sostenere, anzi si ruppe e fui disvegliato. E mantenente cominciai a pensare, e trovai che l'ora ne la quale m'era questa visione apparita, era la quarta de la notte stata; sì che appare manifestamente ch'ella fue la prima ora de le nove ultime ore de la notte.[2] Pensando io a ciò che m'era apparuto, propuosi di farlo sentire a molti li quali erano famosi trovatori[3] in quello tempo: e con ciò fosse cosa che io avesse già veduto per me medesimo l'arte del dire parole per rima, propuosi di fare uno sonetto, ne lo quale io salutasse tutti li fedeli d'Amore;[4] e pregandoli che giudicassero la mia visione, scrissi a loro ciò che io avea nel mio sonno veduto. E cominciai allora questo sonetto, lo quale comincia: *A ciascun'alma presa*.[5]

> A ciascun'alma presa e gentil core
>   nel cui cospetto ven lo dir presente,
>   in ciò che mi rescrivan suo parvente,[6]
> 4 salute in lor segnor, cioè Amore.
>   Già eran quasi che atterzate l'ore[7]

---

1 *si ricogliea*: si raccoglieva.

2 *l'ora ne la quale... de la notte*: torna il numero nove, a ribadire il senso di predestinazione, di soprannaturale fatalità della vicenda in ogni suo episodio.

3 *trovatori*: poeti, rimatori; dal provenzale *trobar*: inventare.

4 *li fedeli d'Amore*: gli innamorati.

5 *A ciascun'alma presa*: si tratta del primo momento di forte concentrazione drammatica, allegorica, letteraria. L'episodio del saluto, il turbamento e la gioia di Dante, la meditazione in solitudine, il « soave sonno » e la « maravigliosa visione »; infine la composizione del sonetto, che trasferisce l'esperienza personale in arte permettendo così di comunicarla alla cerchia eletta dei « trovatori » e dei « fedeli d'Amore ». Si tratta di un significativo crescendo, le cui tappe, analiticamente indicate e descritte da Dante, mostrano un caratteristico *iter* di elevazione e di oggettivazione dell'esperienza.

6 *parvente*: il loro parere.

7 *atterzate l'ore*: era quasi al termine la terza ora della notte.

del tempo che onne stella n'è lucente,
quando m'apparve Amor subitamente,
8   cui essenza[1] membrar[2] mi dà orrore.
Allegro mi sembrava Amor tenendo
meo core in mano, e ne le braccia avea
11   madonna involta in un drappo dormendo.
Poi la svegliava, e d'esto core ardendo
lei paventosa umilmente pascea:
14   appresso gir lo ne vedea piangendo.

Questo sonetto si divide in due parti; che ne la prima
parte saluto e domando risponsione, ne la seconda significo
a che si dee rispondere. La seconda parte comincia quivi:
Già eran.

A questo sonetto fue risposto da molti e di diverse sen-
tenzie; tra li quali fue risponditore quelli cui io chiamo
primo de li miei amici,[3] e disse allora uno sonetto, lo quale
comincia: *Vedeste, al mio parere, onne valore.* E questo fue
quasi lo principio de l'amistà tra lui e me, quando elli
seppe che io era quelli che li avea ciò mandato. Lo verace
giudicio del detto sogno non fue veduto allora per alcuno,
ma ora è manifestissimo a li più semplici.

(IV.) Da questa visione innanzi cominciò lo mio spirito
naturale ad essere impedito ne la sua operazione, però che
l'anima era tutta data nel pensare di questa gentilissima;
onde io divenni in picciolo tempo poi di sì fraile[4] e debole
condizione, che a molti amici pesava de la mia vista;[5] e
molti pieni d'invidia già si procacciavano di sapere di me
quello che io volea del tutto celare ad altrui. Ed io, accorgendomi del malvagio domandare che mi faceano, per
la volontade d'Amore, lo quale mi comandava secondo

1 *essenza*: natura, aspetto.   2 *membrar*: ricordare.
3 *primo de li miei amici*: è Guido Cavalcanti, la figura più prestigiosa e
drammatica della scuola stilnovista. Di quasi una decina d'anni più an-
ziano di Dante, esercitò su di lui in gioventù una notevole influenza. Ci
resta la sua risposta a questo primo sonetto dantesco (« Vedeste, al mio
parere, onne valore »).
4 *fraile*: fragile.
5 *pesava de la mia vista*: si dispiacevano di vedermi in quello stato.

lo consiglio de la ragione, rispondea loro che Amore era quelli che così m'avea governato. Dicea d'Amore, però che io portava nel viso tante de le sue insegne, che questo non si potea ricovrire. E quando mi domandavano « Per cui[1] t'ha così distrutto questo Amore? », ed io sorridendo li guardava, e nulla dicea loro.

v. Uno giorno avvenne che questa gentilissima sedea in parte ove s'udiano parole de la regina de la gloria,[2] ed io era in luogo dal quale vedea la mia beatitudine; e nel mezzo di lei e di me per la retta linea sedea una gentile donna[3] di molto piacevole aspetto, la quale mi mirava spesse volte, maravigliandosi del mio sguardare, che parea che sopra lei terminasse. Onde molti s'accorsero de lo suo mirare; e in tanto vi fue posto mente, che, partendomi da questo luogo, mi sentio dicere appresso di me: « Vedi come cotale donna distrugge la persona di costui »; e nominandola, io intesi che dicea di colei che mezzo era stata ne la linea retta che movea da la gentilissima Beatrice e terminava ne li occhi miei. Allora mi confortai molto, assicurandomi che lo mio secreto non era comunicato lo giorno[4] altrui per mia vista. E mantenente pensai di fare di questa gentile donna schermo de la veritade; e tanto ne mostrai in poco tempo, che lo mio secreto fue creduto sapere da le più persone che di me ragionavano. Con questa donna mi celai alquanti anni e mesi; e per più fare credente altrui, feci per lei certe cosette per rima, le quali non è mio intendimento di scrivere qui, se non in quanto facesse a trattare di quella gentilissima Beatrice; e però le lascerò tutte, salvo che alcuna cosa ne scriverò che pare che sia loda di lei.

vi. Dico che in questo tempo che questa donna era

1 *Per cui*: per chi.
2 *regina de la gloria*: la Madonna; siamo in una chiesa in cui si sta pregando e celebrando la Vergine.
3 *una gentile donna*: è una donna schermo, grazie a cui era possibile celare la propria passione segreta. Di donne con questa funzione se ne trovano in molti rimatori antichi.
4 *lo giorno*: quel giorno.

schermo di tanto amore, quanto da la mia parte,[1] sì mi venne una volontade di volere ricordare lo nome di quella gentilissima ed accompagnarlo di molti nomi di donne, e spezialmente del nome di questa gentile donna. E presi li nomi di sessanta le più belle donne de la cittad ove la mia donna fue posta da l'altissimo sire, e compuosi una pistola[2] sotto forma di serventese, la quale io non scriverò: e non n'avrei fatto menzione, se non per dire quello che, componendola, maravigliosamente addivenne, cioè che in alcuno altro numero non sofferse lo nome de la mia donna stare, se non in su lo nove, tra li nomi di queste donne.

VII. La donna co la quale io avea tanto tempo celata la mia volontade, convenne che si partisse de la sopradetta cittade e andasse in paese molto lontano; per che io, quasi sbigottito de la bella difesa che m'era venuta meno, assai me ne disconfortai, più che io medesimo non avrei creduto dinanzi. E pensando che se de la sua partita io non parlasse alquanto dolorosamente, le persone sarebbero accorte più tosto de lo mio nascondere, propuosi di farne alcuna lamentànza in uno sonetto; lo quale io scriverò, acciò che la mia donna fue immediata cagione di certe parole che ne lo sonetto sono, sì come appare a chi lo intende. E allora dissi questo sonetto, che comincia: *O voi che per la via.*

> O voi che per la via d'Amor passate,
>   attendete e guardate
>   s'elli è dolore alcun, quanto 'l mio, grave;
>   e prego sol ch'audir mi sofferiate,
> 5   e poi imaginate
>   s'io son d'ogni tormento ostale[3] e chiave.
>   Amor, non già per mia poca bontate,
>   ma per sua nobiltate,
>   mi pose in vita sì dolce e soave,

---

1 *quanto da la mia parte*: per quanto riguardava me.

2 *pistola*: epistola. Il serventese non ci è pervenuto. Beatrice, come viene detto, figurava, tra le sessanta più belle donne di Firenze, al nono posto (numero su cui Dante torna ad insistere).

3 *ostale*: ostello, albergo, ricettacolo.

10   ch'io mi sentia dir dietro spesse fiate:
           « Deo, per qual dignitate[1]
           così leggiadro questi lo core have? »
          Or ho perduta tutta mia baldanza
           che si movea d'amoroso tesoro;
15   ond'io pover dimoro,
           in guisa che di dir mi ven dottanza.[2]
           Sì che volendo far come coloro
           che per vergogna celan lor mancanza,
           di fuor mostro allegranza,
20   e dentro da lo core struggo e ploro.[3]

Questo sonetto ha due parti principali; che ne la prima intendo chiamare li fedeli d'Amore per quelle parole di Geremia profeta che dicono: « O vos omnes qui transitis per viam, attendite et videte si est dolor sicut dolor meus »,[4] e pregare che mi sofferino d'audire; ne la seconda narro là ove Amore m'avea posto, con altro intendimento che l'estreme parti del sonetto non mostrano, e dico che io hoe ciò perduto. La seconda parte comincia quivi: *Amor, non già.*

VIII. Appresso lo partire di questa gentile donna fue piacere del segnore de li angeli[5] di chiamare a la sua gloria una donna giovane e di gentile aspetto molto, la quale fue assai graziosa in questa sopradetta cittade; lo cui corpo io vidi giacere sanza l'anima in mezzo di molte donne, le quali piangeano assai pietosamente. Allora, ricordandomi che già l'avea veduta fare compagnia a quella gentilissima, non poteo sostenere[6] alquante lagrime; anzi piangendo mi propuosi di dicere alquante parole de la sua morte, in guiderdone[7] di ciò che alcuna fiata l'avea veduta con

1 *dignitate*: virtù proveniente dai pianeti.
2 *dottanza*: timore, dubbio.
3 *ploro*: piango.
4 *O vos... dolor meus*: « Voi tutti che passate per la via, guardatemi e vedete se c'è un dolore pari al mio » (Geremia, *Lamentazioni*, i).
5 *segnore de li angeli*: Dio. 6 *sostenere*: trattenere.
7 *in guiderdone*: come premio, ricompensa.

la mia donna. E di ciò toccai alcuna cosa ne l'ultima parte de le parole che io ne dissi, sì come appare manifestamente a chi lo intende. E dissi allora questi due sonetti,[1] li quali comincia lo primo: *Piangete, amanti,*[2] e lo secondo: *Morte villana.*

Piangete, amanti, poi che piange Amore,
    udendo qual cagion lui fa plorare.
    Amor sente a Pietà donne chiamare,
4   mostrando amaro duol per li occhi fore,
    perché villana Morte in gentil core
    ha miso il suo crudele adoperare,
    guastando ciò che al mondo è da laudare[3]
8   in gentil donna sovra de l'onore.[4]
    Audite quanto Amor le fece orranza,[5]
    ch'io 'l vidi lamentare in forma vera[6]
11   sovra la morta imagine avvenente;
    e riguardava ver lo ciel sovente,
    ove l'alma gentil già locata era,
14   che donna fu di sì gaia sembianza.

Questo primo sonetto si divide in tre parti: ne la prima chiamo e sollicito li fedeli d'Amore a piangere e dico che lo segnore loro piange, e dico « udendo la cagione per che piange », acciò che s'acconcino più ad ascoltarmi; ne la seconda narro la cagione; ne la terza parlo d'alcuno onore che Amore fece a questa donna. La seconda parte comincia quivi: *Amor sente;* la terza quivi: *Audite.*

Morte villana, di pietà nemica,
    di dolor madre antica,

---

1 *sonetti*: il termine « sonetto » è qui adoperato in senso generico, non strettamente tecnico; equivale a « poesia ».
2 *Piangete, amanti...*: il Petrarca ha imitato questo di Dante con il suo sonetto in morte di Cino da Pistoia (*Piangete, donne, e con voi pianga amore*).
3 *da laudare*: *cortesia, vertute, leggiadria*, come si legge nella poesia che segue.
4 *sovra de l'onore*: insieme a, con.
5 *orranza*: onoranza (secondo altri: orrore).
6 *in forma vera*: in forma sensibile, personificato.

giudicio incontastabile[1] gravoso,
poi che hai data matera al cor doglioso
5 ond'io vado pensoso,
di te blasmar la lingua s'affatica.
E s'io di grazia ti voi far mendica,[2]
convenesi ch'eo dica
lo tuo fallar d'onni torto tortoso,[3]
10 non però ch'a la gente sia nascoso,
ma per farne cruccioso[4]
chi d'amor per innanzi si notrica.[5]

 Dal secolo hai partita cortesia
e ciò ch'è in donna da pregiar vertute:
15 in gaia gioventute
distrutta hai l'amorosa leggiadria.
Più non voi discovrir qual donna sia
che per le propietà sue canosciute.
Chi non merta salute[6]
20 non speri mai d'aver sua compagnia.

Questo sonetto si divide in quattro parti: ne la prima
parte chiamo la Morte per certi suoi nomi propri; ne la
seconda, parlando a lei, dico la cagione per che io mi
muovo a blasimarla; ne la terza la vitupero; ne la quarta
mi volgo a parlare a indiffinita persona, avvegna che
quanto a lo mio intendimento sia diffinita. La seconda
comincia quivi: *poi che hai data*; la terza quivi: *E s'io di
grazia*; la quarta quivi: *Chi non merta salute.*

IX. Appresso la morte di questa donna alquanti die avvenne cosa per la quale me convenne partire[7] de la

---

1 *incontastabile*: che non si può contrastare.
2 *ti voi far mendica*: ti voglio rendere priva (« mendica ») di ogni
grazia: cioè ti voglio rendere odiosa.
3 *d'onni torto tortoso*: ingiusto, colpevole di ogni colpa.
4 *per farne cruccioso*: perché ogni amante contro di te abbia ira e odio.
5 *chi d'amor... si notrica*: chi in futuro nutrirà amore, amerà.
6 *Chi non merta salute*: la salute eterna, la salvezza; non speri di avere la
sua compagnia, perché la donna è ormai in cielo.
7 *me convenne partire*: la ragione di questo viaggio di Dante resta ignota;
ma non sembra probabile che sia per motivi militari.

sopradetta cittade e ire verso quelle parti dov'era la gentile donna ch'era stata mia difesa, avvegna che[1] non tanto fosse lontano lo termine de lo mio andare quanto ella era. E tutto ch'io fosse a la compagnia di molti quanto a la vista,[2] l'andare mi dispiacea sì, che quasi li sospiri non poteano disfogare l'angoscia che lo cuore sentia, però ch'io mi dilungava[3] de la mia beatitudine. E però[4] lo dolcissimo segnore, lo quale mi segnoreggiava per la vertù de la gentilissima donna, ne la mia imaginazione apparve come peregrino[5] leggeramente vestito e di vili drappi. Elli mi parea disbigottito, e guardava la terra, salvo che talora li suo occhi mi parea che si volgessero ad uno fiume bello e corrente e chiarissimo, lo quale sen gia lungo questo cammino là ov'io era. A me parve che Amore mi chiamasse, e dicessemi queste parole: « Io vegno da quella donna la quale è stata tua lunga difesa, e so che lo suo rivenire[6] non sarà a gran tempi; e però quello cuore che io ti facea avere a lei, io l'ho meco, e portolo a donna la quale sarà tua difensione, come questa era ». E nominollami per nome, sì che io la conobbi bene. « Ma tuttavia, di queste parole ch'io t'ho ragionate se alcuna cosa ne dicessi, dille nel modo che per loro non si discernesse lo simulato amore che tu hai mostrato a questa e che ti converrà mostrare ad altri. » E dette queste parole, disparve questa mia imaginazione tutta subitamente per la grandissima parte che mi parve che Amore mi desse di sé; e, quasi cambiato ne la vista mia,[7] cavalcai quel giorno pensoso molto e accompagnato da molti sospiri. Appresso lo giorno cominciai di ciò questo sonetto, lo quale comincia: *Cavalcando*.

Cavalcando l'altr'ier per un cammino,
pensoso de l'andar che mi sgradia,

1 *avvegna che*: sebbene (nello stesso significato il *tutto ch'io* seguente).
2 *quanto a la vista*: all'apparenza.   3 *mi dilungava*: mi allontanavo.
4 *però*: perciò.
5 *peregrino*: anche l'amore come Dante, ed è vestito dimessamente significare l'angoscia dell'innamorato.
6 *lo suo rivenire*: per molto tempo non tornerà.
7 *cambiato ne la vista mia*: di aspetto mutato, trasfigurato.

<pre>
          trovai Amore in mezzo de la via
4   in abito leggier di peregrino.
          Ne la sembianza mi parea meschino,¹
          come avesse perduto segnoria;
          e sospirando pensoso venia,
8   per non veder la gente, a capo chino.
       Quando mi vide, mi chiamò per nome,
          e disse: « Io vegno di lontana parte,
11   ov'era lo tuo cor per mio volere;
          e recolo a servir novo piacere ».²
          Allora presi di lui sì gran parte,
14   ch'elli disparve,³ e non m'accorsi come.
</pre>

Questo sonetto ha tre parti: ne la prima parte dico sì com'io trovai Amore, e quale mi parea; ne la seconda dico quello ch'elli mi disse, avvegna che non compiutamente per tema ch'avea di discovrire lo mio secreto; ne la terza dico com'elli mi disparve. La seconda comincia quivi: *Quando mi vide*; la terza: *Allora presi*.

x. Appresso la mia ritornata mi misi a cercare di questa donna che lo mio segnore m'avea nominata ne lo cammino de li sospiri;⁴ e acciò che lo mio parlare sia più brieve, dico che in poco tempo la feci mia difesa⁵ tanto, che troppa gente ne ragionava oltre li termini de la cortesia; onde molte fiate mi pensava duramente.⁶ E per questa cagione, cioè di questa soverchievole⁷ voce che parea che m'infamasse viziosamente, quella gentilissima, la quale fue distruggitrice di tutti li vizi e regina de le vertudi, passando per alcuna parte, mi negò lo suo dolcissimo salutare,⁸ ne lo quale stava tutta la mia beatitudine. E uscendo alquanto

---

1 *meschino*: avvilito. 2 *novo piacere*: una nuova bellezza.
3 *ch'elli disparve*: « Amore, entrando nel poeta, naturalmente disparve agli occhi di lui » (Cesareo).
4 *cammino de li sospiri*: nel sonetto precedente di Amore è detto che « sospirando pensoso venìa ».
5 *difesa*: cioè « schermo » della verità: l'amore di Dante per Beatrice.
6 *duramente*: con tristezza, preoccupazione.
7 *soverchievole*: eccessiva.
8 *dolcissimo salutare*: il caratteristico saluto-salute, il saluto beatificante.

del proposito presente, voglio dare a intendere quello che lo suo salutare in me vertuosamente operava.

XI. Dico che quando ella apparia da parte alcuna, per la speranza de la mirabile salute[1] nullo nemico mi rimanea, anzi mi giugnea una fiamma di caritade, la quale mi facea perdonare a chiunque m'avesse offeso; e chi allora m'avesse domandato di cosa alcuna, la mia risponsione sarebbe stata solamente «Amore», con viso vestito d'umilitade. E quando ella fosse alquanto propinqua al salutare, uno spirito d'amore, distruggendo tutti li altri spiriti sensitivi, pingea fuori li deboletti spiriti del viso,[2] e dicea loro: «Andate a onorare la donna vostra»; ed elli si rimanea nel luogo loro. E chi avesse voluto conoscere Amore, fare lo potea mirando lo tremare de li occhi miei. E quando questa gentilissima salute salutava, non che Amore fosse tal mezzo che potesse obumbrare a me la intollerabile beatitudine,[3] ma elli quasi per soverchio di dolcezza divenia tale, che lo mio corpo, lo quale era tutto allora sotto lo suo reggimento,[4] molte volte si movea come cosa grave inanimata. Sì che appare manifestamente che ne le sue salute abitava la mia beatitudine, la quale molte volte passava e redundava[5] la mia capacitade.

1 *salute*: saluto (vedi sopra).

2 *pingea fuori... spiriti del viso*: mandava via la facoltà visiva, offuscava la vista, e gli occhi vedevano solo tramite lo spirito d'Amore che aveva preso il posto degli spiriti visivi.

3 *fosse tal mezzo... beatitudine*: non che Amore mi ostacolasse al punto da offuscare l'impressione troppo violenta fattami da Beatrice.

4 *reggimento*: dominio.

5 *redundava*: sopraffaceva.

Osserva Sapegno a proposito di questo capitolo: « Sapienza anzitutto di gradazioni e sfumature psicologiche, progressivamente ordinate e acutamente ritratte (dall'‹ardore di carità› alla ‹trepida aspettazione› al ‹soverchio di dolcezza›) cui rispondono altrettanti atteggiamenti fisici (‹viso vestito d'umiltade›, ‹tremare de li occhi›, ‹il corpo diventato come cosa grave inanimata›). V'è poi la ricerca di uno stile raffinato e grave, ricco di risonanze bibliche, quasi a suggerire l'indole religiosa dell'argomento. E invero quest'amore ha tutte le apparenze di una religione, nella quale la cerimonia del saluto non è tra le meno importanti. Perciò nel suo complesso questo capitolo è tra i meglio atti a farci intendere il tono di

XII. Ora, tornando al proposito, dico che poi che la mia beatitudine mi fue negata, mi giunse tanto dolore, che, partito me da le genti, in solinga parte andai a bagnare la terra[1] d'amarissime lagrime. E poi che alquanto mi fue sollenato[2] questo lagrimare, misimi ne la mia camera, là ov'io potea lamentarmi sanza essere udito; e quivi, chiamando misericordia a la donna de la cortesia,[3] e dicendo «Amore, aiuta lo tuo fedele», m'addormentai come un pargoletto battuto lagrimando. Avvenne quasi nel mezzo de lo mio dormire che me parve vedere ne la mia camera lungo me[4] sedere uno giovane vestito di bianchissime vestimenta, e pensando molto quanto a la vista sua, mi riguardava là ov'io giacea; e quando m'avea guardato alquanto, pareami che sospirando mi chiamasse, e diceami queste parole: «Fili mi, tempus est ut pretermictantur simulacra nostra».[5] Allora mi parea che io lo conoscesse, però che mi chiamava così come assai fiate ne li miei sonni m'avea già chiamato: e riguardandolo, parvemi che piangesse pietosamente, e parea che attendesse da me alcuna parola; ond'io, assicurandomi, cominciai a parlare così con esso: «Segnore de la nobiltade,[6] e perché piangi tu?» E

una cultura raffinata e chiusa, nella quale il palpito degli affetti adolescenti, troppo vasti e vaghi per fiorire in compiute immagini, spesso si esprime in forme d'un preziosismo scolastico e alquanto ingenuo, e solo di rado ispira figurazioni di una grazia lieve e fuggevole, la cui poesia è tuttavia comprensibile soltanto in un'atmosfera rarefatta e un po' pedantesca.»

1 *bagnare la terra*: immagine espressiva, «il viso del lacrimante si staglia nell'aria come una scultura» (Russo).

2 *sollenato*: sfogato, alleggerito (da «lene»: leggero).

3 *donna de la cortesia*: la Madonna. Secondo altri, si tratta di Beatrice.

4 *lungo me*: accanto a me.

5 *Fili mi... nostra*: Figlio mio, è venuto il momento di mettere da parte le nostre finzioni, cioè di smettere di fingere amori per donne-schermo. «Amore mostra a Dante che il restare nell'inganno e nell'equivoco non era un riparo, per lui, ma una forma inferiore di conoscenza, una pericolosa illusione: e che è tempo di superare quella fase, di riconoscere la vera forma del suo amore, all'esterno con la rottura degli equivoci, e all'interno con il rendersi pienamente conto della necessità di questa purificazione» (Chiappelli).

6 *Segnore de la nobiltade*: l'amore è così definito perché, secondo la

quelli mi dicea queste parole: «Ego tanquam centrum circuli, cui simili modo se habent circumferentie partes; tu autem non sic».[1] Allora, pensando a le sue parole, mi parea che m'avesse parlato molto oscuramente; sì ch'io mi sforzava di parlare, e diceali queste parole: «Che è ciò, segnore, che mi parli con tanta oscuritade?» E quelli mi dicea in parole volgari:[2] «Non dimandare più che utile ti

teoria stilnovistica, esso solo crea vera nobiltà («Amore e cor gentil sono una cosa»).

1 *Ego... non sic*: Io sono come il centro di un cerchio, da cui i punti della circonferenza si trovano ad eguale distanza; mentre tu no. Spiega così il Parodi: «Io sono il centro comune, ho la comune ispirazione, la fiamma di innumerevoli amori; ma tu, semplice individuo, non già... una è la fiamma dell'amore, ma indivisibile la favilla che ne tocca a ciascuno individuo. Tu ti sei fatto il centro di due diversi amori, e questo non va. Io stesso... te l'ho consigliato sotto una parvenza di bene...; ma era una illusione; ne è nato soltanto dolore per la donna dello schermo, per Beatrice, per te, e si è fatto torto all'idea e ne è scemata la tua nobiltà.» Ma il passo non è così univoco, tutt'altro. «Questa battuta della visione è stata interpretata in molti modi. Eccone le principali soluzioni: a) Amore è Dio che piange sopra la prossima morte di Beatrice (Notter, Boffito, Fletcher, basandosi sul paragone agostiniano di Dio col cerchio); b) Amore è la Virtù che rimprovera Dante (Giuliani, Scarano, Proto); c) è l'Amor sacro (Marigo); d) è l'Amore in generale, centro di tutti gli amanti (Pascoli); e) è la perfetta scienza di Dio (Beck); f) è il centro dell'amore cosmico (Asìn Palacios); g) è il centro comune, la fiamma di innumerevoli amori (Parodi); h) è il tipo del perfetto equilibrio in confronto allo squilibrio dei mortali (Grandgent): tutte interpretazioni che considerano la frase detta da Amore come prevalentemente un rimprovero, e non come prevalentemente una autodefinizione. L'immagine evocata si adatta perfettamente alle caratteristiche dell'amore di Dante per Beatrice, unico (come il centro di un cerchio) e rispetto al quale ogni altra cosa terrena è ugualmente e indifferentemente distante. I simboli concomitanti della figura del cerchio (per esempio il suo significar nobiltà, perfezione; cfr. *Convivio*, II, XIII, 26; IV, XVI, 7 e sgg.) vi si adattano senza difficoltà. Tu nel tuo comportamento, soggiunge la figura, non sei tale: le manifestazioni esterne (gli equivoci, gli inganni) non rivelano questa verità che porti dentro di te. E per questa discrepanza fra verità interiore e comportamento, Dante è infelice, Amore piange. Ma per Dante non c'è ancora risposta: egli penetrerà più tardi l'oscura, ancor sibillina indicazione; e per ora intravede soltanto una soluzione pratica (*che utile ti sia*), che non servirà a nulla, cioè l'inviare una ballata di scusa che forma il prossimo episodio del racconto» (Chiappelli).

2 *in parole volgari*: non in latino, ma in volgare, in italiano.

sia ». E però cominciai allora con lui a ragionare de la salute la quale mi fue negata, e domandailo de la cagione; onde in questa guisa da lui mi fue risposto: « Quella nostra Beatrice udio da certe persone di te ragionando,[1] che la donna la quale io ti nominai nel cammino de li sospiri, riceva da te alcuna noia;[2] e però questa gentilissima, la quale è contraria di tutte le noie, non degnò salutare la tua persona, temendo non fosse noiosa. Onde con ciò sia cosa che veracemente sia conosciuto per lei alquanto lo tuo secreto per lunga consuetudine, voglio che tu dichi certe parole per rima, ne le quali tu comprendi la forza che io tegno sopra te per lei, e come tu fosti suo tostamente[3] da la tua puerizia. E di ciò chiama testimonio colui che lo sa, e come tu prieghi lui che li le dica;[4] ed io, che son quelli, volentieri le ne ragionerò; e per questo sentirà ella la tua volontade, la quale sentendo, conoscerà le parole de li ingannati.[5] Queste parole fa che siano quasi un mezzo, sì che tu non parli a lei immediatamente, che non è degno; e no le mandare in parte, sanza me, ove potessero essere intese da lei, ma falle adornare di soave armonia,[6] ne la quale io sarò tutte le volte che farà mestiere ». E dette queste parole, sì disparve, e lo mio sonno fue rotto. Onde io ricordandomi, trovai che questa visione m'era apparita ne la nona ora del die; e anzi ch'io uscisse di questa camera, propuosi di fare una ballata,[7] ne la quale io seguitasse ciò che lo mio segnore m'avea imposto; e feci poi questa ballata, che comincia: *Ballata, i' voi.*

1 *persone di te ragionando*: persone che parlavano di te.

2 *ricevea da te alcuna noia*: un danno alla propria reputazione.

3 *tostamente*: subito.

4 *li le dica*: gliele dica.

5 *de li ingannati*: di coloro che avevano creduto alla finzione della donna-schermo.

6 *adornare di soave armonia*: aggiungendo un accompagnamento musicale.

7 *una ballata*: è composta di solito da una breve strofa iniziale, detta *ripresa*, e da un numero di strofe che può variare.

Ballata, i' voi che tu ritrovi Amore,
e con lui vade a madonna davante,
sì che la scusa mia, la qual tu cante,
ragioni poi con lei lo mio segnore.
5   Tu vai, ballata, sì cortesemente,
che sanza compagnia
dovresti avere in tutte parti ardire;
ma se tu vuoli andar sicuramente,
retrova l'Amor pria,
10 ché forse non è bon sanza lui gire;
però che quella che ti dee audire,
sì com'io credo, è ver di me adirata:
se tu di lui non fossi accompagnata,
leggeramente[1] ti faria disnore.
15 Con dolze sono,[2] quando se' con lui,
comincia este parole,
appresso che averai chesta pietate:
« Madonna, quelli che mi manda a vui,
quando vi piaccia, vole,
20 sed elli ha scusa, che la m'intendiate.[3]
Amore è qui, che per vostra bieltate
lo face, come vol, vista cangiare:[4]
dunque perché li fece altra guardare
pensatel voi, da che non mutò 'l core ».
25 Dille: « Madonna, lo suo core è stato
con sì fermata fede,
che 'n voi servir l'ha 'mpronto onne pensero:
tosto fu vostro, e mai non s'è smagato ».[5]
Sed ella non ti crede,
30 dì che domandi Amor, che sa lo vero:
ed a la fine falle umil preghero,
lo perdonare se le fosse a noia,

---

1 *leggeramente*: facilmente.
2 *Con dolze sono*: il Barbi nota che *dolze*, come pure *bieltade, pensero, preghero*, sono forme proprie della consuetudine poetica dei tempi.
3 *m'intendiate*: mi ascoltiate.
4 *vista cangiare*: cambiare aspetto.
5 *smagato*: distratto, allontanato (provenzalismo).

che mi comandi per messo[1] ch'eo moia,
e vedrassi ubidir ben servidore.

35 E dì a colui ch'è d'ogni pietà chiave,
avante che sdonnei,[2]
che le saprà contar mia ragion bona:
« Per grazia de la mia nota soave
reman tu qui con lei,
40 e del tuo servo ciò che vuoi ragiona;
e s'ella per tuo prego li perdona,
fa che li annunzi[3] un bel sembiante pace ».
Gentil ballata mia, quando ti piace,
movi in quel punto che tu n'aggie onore.

Questa ballata in tre parti si divide: ne la prima dico a
lei ov'ella vada, e confortola però che vada più sicura, e
dico ne la cui compagnia si metta, se vuole sicuramente
andare e sanza pericolo alcuno; ne la seconda dico quello
che lei si pertiene di fare intendere; ne la terza la licenzio
del gire[4] quando vuole, raccomandando lo suo movimento
ne le braccia de la fortuna. La seconda parte comincia
quivi: *Con dolze sono*; la terza quivi: *Gentil ballata*.
Potrebbe già l'uomo opporre contra me[5] e dicere che
non sapesse a cui fosse lo mio parlare in seconda persona,
però che la ballata non è altro che queste parole ched io
parlo: e però dico che questo dubbio io lo intendo solvere[6]
e dichiarare in questo libello ancora in parte più dubbiosa;
e allora intenda qui chi qui dubita, o chi qui volesse opporre in questo modo.

XIII. Appresso di questa soprascritta visione, avendo già
dette le parole che Amore m'avea imposte a dire, mi

---

1 *per messo*: con un messaggio, tramite un messaggero.

2 *che sdonnei*: che lasci di corteggiàre la donna.

3 *fa che li annunzi...*: la costruzione è: fa che un bel sembiante annunzi
pace.

4 *la licenzio del gire*: le permetto di andare.

5 *Potrebbe già l'uomo opporre contra me*: l'*uomo* corrisponde qui alla forma
impersonale, come il francese *on*: Mi si potrebbe opporre...

6 *intendo solvere*: la spiegazione delle personificazioni apparse qui, av-
verrà al cap. xxv.

cominciaro molti e diversi pensamenti a combattere e a tentare, ciascuno quasi indefensibilemente;[1] tra li quali pensamenti quattro mi parea che ingombrassero[2] più lo riposo de la vita. L'uno de li quali era questo: buona è la signoria d'Amore, però che trae lo intendimento del suo fedele da tutte le vili cose. L'altro era questo: non buona è la signoria d'Amore, però che quanto lo suo fedele più fede li porta, tanto più gravi e dolorosi punti li conviene passare. L'altro era questo: lo nome d'Amore è sì dolce a udire, che impossibile mi pare che la sua propria operazione sia ne le più cose altro che dolce, con ciò sia cosa che li nomi seguitino le nominate cose, sì come è scritto: « Nomina sunt consequentia rerum ».[3] Lo quarto era questo: la donna per cui Amore ti stringe così, non è come l'altre donne, che leggermente si muova del suo cuore. E ciascuno mi combattea tanto, che mi facea stare quasi come colui che non sa per qual via pigli lo suo cammino, e che vuole andare e non sa onde se ne vada; e se io pensava di volere cercare una comune via di costoro, cioè là ove tutti s'accordassero, questa era via molto inimica verso me, cioè di chiamare e di mettermi ne le braccia de la Pietà. E in questo stato dimorando, mi giunse volontade di scriverne parole rimate; e dissine allora questo sonetto, lo quale comincia: *Tutti li miei penser.*

1 *quasi indefensibilemente*: in modo tale che era impossibile difendersene.
2 *tra li quali... ingombrassero*: « il primo è il concetto della poesia d'amore presso gli ultimi provenzali e nei poeti del dolce stil nuovo; il secondo è il concetto frequente nella poesia delle origini (altro folle ragiona il suo valore), e si può ricordare che in seguito il Petrarca lo riprese nel sonetto *Padre del ciel*...; nel terzo e nel quarto si delineano i temi più propri delle liriche stilnovistiche di Dante: la dolcezza — il gentil core — insita nel nome stesso del sentimento amoroso, e la visione della donna angelicata » (Russo).
3 *Nomina... rerum*: i nomi esprimono l'essenza stessa delle cose che designano. La frase deriva da una glossa del *Corpus iuris civilis*. « Dante si trova di fronte ad un impegno speculativo, quello di *capire* l'essenza di questo amore la cui profondità viene lentamente scoprendo. Per questo nuovo travaglio si appoggia a quello dei contemporanei che aveva sviluppato l'attitudine più introspettiva, Guido Cavalcanti; e ne deriverà transitoriamente la profondissima inquietudine » (Chiappelli).

Tutti li miei penser parlan d'Amore;
e hanno in lor sì gran varietate,
ch'altro mi fa voler sua potestate,
4   altro folle ragiona il suo valore,[1]
       altro sperando m'apporta dolzore,[2]
       altro pianger mi fa spesse fiate;
       e sol s'accordano in cherer[3] pietate,
8   tremando di paura che è nel core.
       Ond'io non so da qual matera[4] prenda;
       e vorrei dire, e non so ch'io mi dica:
11   così mi trovo in amorosa erranza![5]
       E se con tutti voi[6] fare accordanza,
       convenemi chiamar la mia nemica,
14   madonna la Pietà, che mi difenda.

Questo sonetto in quattro parti si può dividere: ne la
prima dico e soppongo[7] che tutti li miei pensieri sono
d'Amore; ne la seconda dico che sono diversi, e narro la
loro diversitade; ne la terza dico in che tutti pare che
s'accordino; ne la quarta dico che volendo dire d'Amore,
non so da qual parte pigli matera, e se la voglio pigliare da
tutti, convene che io chiami la mia inimica, madonna la
Pietade; e dico « madonna » quasi per disdegnoso modo di
parlare. La seconda parte comincia quivi: *e hanno in lor*; la
terza quivi: *e sol s'accordano*; la quarta quivi: *Ond'io non so.*

XIV. Appresso la battaglia de li diversi pensieri avvenne
che questa gentilissima venne in parte ove molte donne
gentili erano adunate; a la qual parte io fui condotto per
amica persona, credendosi fare a me grande piacere, in
quanto mi menava là ove tante donne mostravano le loro

1 *altro folle ragiona il suo valore*: un altro pensiero mi dice che sottoporsi
al dominio d'amore è cosa folle.
2 *dolzore*: dolcezza.   3 *cherer*: chiedere.
4 *matera*: argomento.
5 *erranza*: errore, dubbio, incertezza.
6 *voi*: voglio.
7 *suppongo*: « pongo sotto gli occhi » (Barbi). « Qui il verbo supporre è
tratto da Dante alla significazione di esporre » (Casini).

bellezze. Onde io, quasi non sappiendo a che io fossi menato, e fidandomi ne la persona la quale uno suo amico a l'estremitade de la vita condotto avea, dissi a lui: « Perché semo noi venuti a queste donne? » Allora quelli mi disse: « Per fare sì ch'elle siano degnamente servite ». E lo vero è che adunate quivi erano a la compagnia d'una gentile donna che disposata era lo giorno;[1] e però, secondo l'usanza de la sopradetta cittade, convenia che le facessero compagnia nel primo sedere a la mensa[2] che facea ne la magione del suo novello sposo. Sì che io, credendomi fare piacere di questo amico, propuosi di stare al servigio de le donne ne la sua compagnia. E nel fine del mio proponimento mi parve sentire uno mirabile tremore incominciare nel mio petto da la sinistra parte e distendersi di subito per tutte le parti del mio corpo. Allora dico che io poggiai la mia persona simulatamente[3] ad una pintura la quale circundava questa magione; e temendo non altri si fosse accorto del mio tremare, levai li occhi, e mirando le donne, vidi tra loro la gentilissima Beatrice. Allora fuoro sì distrutti li miei spiriti per la forza che Amore prese veggendosi in tanta propinquitade a la gentilissima donna, che non ne rimasero in vita più che li spiriti del viso; e ancora questi rimasero fuori de li loro istrumenti, però che Amore volea stare nel loro nobilissimo luogo per vedere la mirabile donna. E avvegna che io fossi altro che prima, molto mi dolea di questi spiritelli,[4] che si lamentavano forte e diceano: « Se questi non ci infolgorasse[5] così fuori del nostro luogo, noi potremmo stare a vedere la maraviglia di questa donna così come stanno li altri nostri pari ». Io dico che molte di queste donne, accorgendosi de la mia

1 *lo giorno*: quel giorno.

2 *nel primo sedere a la mensa*: la prima volta che sedeva a mensa.

3 *simulatamente*: dissimulando.

4 *li miei spiriti... li spiriti del viso... questi spiritelli*: « i poeti fiorentini del Dugento consideravano, non solo le facoltà dell'anima, ma anche le più varie attitudini dell'essere come personificate in tanti *spiriti* e *spiritelli*; il Cavalcanti specialmente arrivò sino all'esagerazione, chiamando per esempio *spirito noioso* la noia, *deboletti spiriti* i mancamenti, e via via » (Russo).

5 *non ci infolgorasse*: non ci scacciasse colpendoci come una folgore.

trasfigurazione, si cominciaro a maravigliare, e ragionando si gabbavano[1] di me con questa gentilissima; onde lo ingannato amico di buona fede mi prese per la mano, e traendomi fuori de la veduta di queste donne, sì mi domandò che io avesse. Allora io, riposato alquanto, e resurressiti[2] li morti spiriti miei, e li discacciati[3] rivenuti a le loro possessioni, dissi a questo mio amico queste parole: « Io tenni li piedi in quella parte de la vita di là da la quale non si puote ire più per intendimento di ritornare ». E partitomi da lui, mi ritornai ne la camera de le lagrime; ne la quale, piangendo e vergognandomi, fra me stesso dicea: « Se questa donna sapesse la mia condizione, io non credo che così gabbasse la mia persona, anzi credo che molta pietade le ne verrebbe ». E in questo pianto stando, propuosi di dire parole, ne le quali, parlando a lei, significasse la cagione del mio trasfiguramento, e dicesse che io so bene ch'ella non è saputa,[4] e che se fosse saputa, io credo che pietà ne giugnerebbe altrui; e propuosile di dire desiderando che venissero per avventura ne la sua audienza. E allora dissi questo sonetto, lo quale comincia: Con l'altre donne.

Con l'altre donne mia vista gabbate,
    e non pensate, donna, onde si mova
    ch'io vi rassembri sì figura nova[5]
4   quando riguardo la vostra beltate.
    Se lo saveste, non poria Pietate
    tener più contra me l'usata prova,
    ché Amor, quando sì presso a voi mi trova,
8   prende baldanza e tanta securtate,
che fere tra' miei spiriti paurosi,
    e quale ancide, e qual pinge di fore,
11   sì che solo remane a veder vui:

1 *si gabbavano*: il *gab*, il gabbo, era uno dei momenti codificati nella vicenda dell'amore cortese.

2 *resurressiti*: risorti.

3 *li discacciati*: gli spiriti degli occhi, cioè la vista.

4 *ch'ella non è saputa*: la causa del suo mutare d'aspetto non è conosciuta.

5 *nova*: strana.

ond'io mi cangio in figura d'altrui,[1]
ma non sì ch'io non senta bene allore

14   li guai[2] de li scacciati tormentosi.

Questo sonetto non divido in parti, però che la divisione non si fa se non per aprire la sentenzia de la cosa divisa; onde con ciò sia cosa che per la sua ragionata cagione assai sia manifesto, non ha mestiere di divisione. Vero è che tra le parole dove si manifesta la cagione di questo sonetto, si scrivono dubbiose parole, cioè quando dico che Amore uccide tutti li miei spiriti, e li visivi rimangono in vita, salvo che fuori de li strumenti[3] loro. E questo dubbio è impossibile a solvere a chi non fosse in simile grado fedele d'Amore; e a coloro che vi sono è manifesto ciò che solverebbe le dubitose parole: e però non è bene a me di dichiarare cotale dubitazione, acciò che lo mio parlare dichiarando sarebbe indarno, o vero di soperchio.

xv. Appresso la nuova trasfigurazione mi giunse uno pensamento forte,[4] lo quale poco si partia da me, anzi continuamente mi riprendea, ed era di cotale ragionamento[5] meco: « Poscia che tu pervieni a così dischernevole vista[6] quando tu se' presso di questa donna, perché pur cerchi di vedere lei? Ecco che tu fossi domandato[7] da lei: che avrestù da rispondere, ponendo che tu avessi libera ciascuna tua vertude[8] in quanto tu le rispondessi? »[9] E a costui rispondea un altro, umile, pensero, e dicea: « S'io non perdessi le mie vertudi, e fossi libero tanto che io le potessi rispondere, io le direi, che sì tosto com'io imagino la sua mirabile bellezza, sì tosto mi giugne uno desiderio di ve-

---

1 *mi cangio... d'altrui*: mi trasfiguro. Ma l'attenzione di Dante va più all'introspezione che all'umiliazione del gabbo.
2 *li guai*: i lamenti « tormentosi » degli spiriti scacciati.
3 *strumenti*: gli occhi.   4 *forte*: violento.
5 *era di cotale ragionamento*: ragionava con me in questo modo.
6 *dischernevole vista*: aspetto che provoca altrui scherno.
7 *Ecco che tu fossi domandato*: nel caso che tu fossi interrogato.
8 *vertude*: facoltà.
9 *in quanto tu le rispondessi*: nel risponderle.

derla, lo quale è di tanta vertude, che uccide e distrugge ne
a mia memoria, ciò che contra lui si potesse levare; e però
non mi ritraggono le passate passioni[1] da cercare la veduta
di costei ». Onde io, mosso da cotali pensamenti, propuosi
di dire certe parole, ne le quali, escusandomi a lei da cotale
riprensione,[2] ponesse anche di quello che mi diviene presso
di lei; e dissi questo sonetto, lo quale comincia: *Ciò che
m'incontra.*[3]

> Ciò che m'incontra, ne la mente more,
>   quand'i' vegno a veder voi, bella gioia;
>   e quand'io vi son presso, i' sento Amore
> 4 che dice: « Fuggi, se 'l perir t'è noia ».
>   Lo viso mostra lo color del core,
>   che, tramortendo, ovunque po' s'appoia;[4]
>   e per la ebrietà del gran tremore[5]
> 8 le pietre[6] par che gridin: Moia, moia.
>   Peccato face chi allora mi vide,[7]
>   se l'alma sbigottita non conforta,
> 11 sol dimostrando che di me li doglia,
>   per la pietà, che 'l vostro gabbo ancide,
>   la qual si cria[8] ne la vista morta
> 14 de li occhi, c'hanno di lor morte voglia.

Questo sonetto si divide in due parti: ne la prima dico la
cagione per che non mi tengo[9] di gire presso di questa
donna; ne la seconda dico quello che mi diviene per andare presso di lei; e comincia questa parte quivi: *e*

1 *passioni*: sofferenze.
2 *da cotale riprensione*: dal pensiero che suggeriva di non vederla più,
dato che il vederla gli provocava tanta sofferenza.
3 *Ciò che m'incontra*: ciò che mi si oppone, cioè il ricordo delle sofferenze
già avute.
4 *s'appoia*: s'appoggia.
5 *e per la ebrietà del gran tremore*: « Per l'eccesso di quel tremore che mi
fa parere ebro » (Carducci).
6 *le pietre*: perfino le pietre.
7 *chi allora mi vide*: alcuni commentatori, tra cui Carducci, interpretano
vide come un presente (lat. *videt*), sottolineando così il ripetersi del fatto.
8 *la qual si cria*: la quale pietà sorge (*si cria*) dall'espressione smorta.
9 *mi tengo*: mi trattengo.

quand'io vi son presso. E anche si divide questa seconda parte in cinque, secondo cinque diverse narrazioni: che ne la prima dico quello che Amore, consigliato da la ragione, mi dice quando le sono presso; ne la seconda manifesto lo stato del cuore per essemplo del viso;[1] ne la terza dico sì come onne sicurtade mi viene meno; ne la quarta dico che pecca quelli che non mostra pietà di me, acciò che mi sarebbe alcuno conforto; ne l'ultima dico perché altri doverebbe avere pietà, e ciò è per la pietosa vista che ne li occhi mi giugne; la quale vista pietosa è distrutta, cioè non pare altrui, per lo gabbare di questa donna, la quale trae a sua simile operazione[2] coloro che forse vederebbono questa pietà. La seconda parte comincia quivi: *Lo viso mostra*; la terza quivi: *e per la ebrietà*; la quarta: *Peccato face*; la quinta: *per la pietà*.

XVI. Appresso ciò, che io dissi questo sonetto, mi mosse una volontade di dire anche parole, ne le quali io dicesse quattro cose ancora sopra lo mio stato, le quali non mi parea che fossero manifestate ancora per me.[3] La prima delle quali si è che molte volte io mi dolea, quando la mia memoria movesse la fantasia ad imaginare quale Amore mi facea. La seconda si è che Amore spesse volte di subito m'assalia sì forte, che 'n me non rimanea altro di vita se non un pensero che parlava di questa donna. La terza si è che quando questa battaglia d'Amore mi pugnava così, io mi movea quasi discolorito tutto per vedere questa donna, credendo che mi difendesse la sua veduta da questa battaglia, dimenticando quello che per appropinquare[4] a tanta gentilezza m'addivenia. La quarta si è come cotale veduta non solamente non mi difendea, ma finalmente disconfiggea[5] la mia poca vita. E però dissi questo sonetto lo quale comincia: *Spesse fiate*.

---

1 *per essemplo del viso*: attraverso quello che se ne vede esteriormente
2 *a sua simile operazione*: al gabbo.
3 *per me*: da me.
4 *per appropinquare*: quando mi avvicinavo.
5 *finalmente disconfiggea*: sconfiggeva fino in fondo.

Spesse fiate vegnonmi a la mente
le oscure qualità[1] ch'Amor mi dona,
e venmene pietà, sì che sovente
4   io dico: « Lasso!, avviene elli a persona? »;[2]
ch'Amor m'assale subitanamente,
sì che la vita quasi m'abbandona:
campami un spirto vivo solamente,
8   e que' riman, perché di voi ragiona.
Poscia mi sforzo, ché mi voglio atare;[3]
e così smorto, d'onne valor voto,
11   vegno a vedervi, credendo guerire:
e se io levo li occhi per guardare,
nel cor mi si comincia uno tremoto,[4]
14   che fa de' polsi[5] l'anima partire.

Questo sonetto si divide in quattro parti, secondo che quattro cose sono in esso narrate; e però che sono di sopra ragionate, non m'intrametto[6] se non di distinguere le parti per li loro cominciamenti: onde dico che la seconda parte comincia quivi: *ch'Amor*; la terza quivi: *Poscia mi sforzo*; la quarta quivi: *e se io levo*.

XVII. Poi che dissi questi tre sonetti, ne li quali parlai a questa donna, però che fuoro narratori di tutto quasi lo mio stato, credendomi tacere e non dire più, però che mi parea di me assai avere manifestato, avvegna che sempre poi tacesse di dire a lei,[7] a me convenne ripigliare ma-

---

1 *le oscure qualità*: la triste condizione.
2 *a persona*: a qualche altro.
3 *atare*: salvarmi. 4 *tremoto*: tremito.
5 *polsi*: arterie.
6 *m'intrametto*: mi occupo (provenzalismo).
7 *di dire a lei*: di rivolgersi a Beatrice.
« Siamo ad una nuova svolta del racconto. In seguito all'insuccesso dei tentativi pratici (ballata di scusa e avvicinamento finito col gabbo) e anche del lungo travaglio interiore che seguì, Dante si dirige a *matera nuova e più nobile*. Come si vedrà nel capitolo seguente, egli trova la felicità nella creazione poetica, che non gli può venir meno e che si accentra sull'elaborazione di un mondo interiore in cui Beatrice è idealizzata religiosamente » (Chiappelli).

tera nuova e più nobile che la passata. E però che la cagione de la nuova matera è dilettevole a udire, la dicerò
quanto potrò più brievemente.

XVIII. Con ciò sia cosa che per la vista mia molte persone
avessero compreso lo secreto del mio cuore, certe donne, le
quali adunate s'erano dilettandosi l'una ne la compagnia
de l'altra, sapeano bene lo mio cuore, però che ciascuna d
loro era stata a molte mie sconfitte; e io passando appress
di loro, sì come da la fortuna[1] menato, fui chiamato da una
di queste gentili donne. La donna che m'avea chiamata
era donna di molto leggiadro parlare; sì che quand'io fu
giunto dinanzi da loro, e vidi bene che la mia gentilissima
donna non era con esse, rassicurandomi le salutai, e do-
mandai che piacesse loro.[2] Le donne erano molte, tra le
quali n'avea certe che si rideano tra loro. Altre v'erano che
mi guardavano, aspettando che io dovessi dire. Altre v'e-
rano che parlavano tra loro. De le quali una, volgendo l
suoi occhi verso me e chiamandomi per nome, disse queste
parole: « A che fine ami tu questa tua donna, poi che tu
non puoi sostenere la sua presenza? Dilloci, ché certo lo
fine di cotale amore conviene che sia novissimo ».[3] E po
che m'ebbe dette queste parole, non solamente ella, ma
tutte l'altre cominciaro ad attendere in vista[4] la mia ri
sponsione. Allora dissi queste parole loro: « Madonne, lo
fine del mio amore fue già lo saluto di questa donna, forse
di cui voi intendete, e in quello dimorava la beatitudine
ché era fine di tutti li miei desiderii. Ma poi che le piacque
di negarlo a me, lo mio segnore Amore, la sua merzede, ha
posto tutta la mia beatitudine in quello che non mi puote
venire meno ». Allora queste donne cominciaro a parlare
tra loro; e sì come talora vedemo cadere l'acqua mischiata
di bella neve, così mi parea udire le loro parole uscire
mischiate di sospiri. E poi che alquanto ebbero parlate

1 *da la fortuna*: a caso.
2 *che piacesse loro*: che cosa desiderassero da me (Scherillo).
3 *novissimo*: singolarissimo.
4 *ad attendere in vista*: mostravano di essere attente a quanto stavo pe
rispondere.

ra loro, anche mi disse questa donna che m'avea prima
parlato, queste parole: « Noi ti preghiamo che tu ne dichi
ove sta questa tua beatitudine ». Ed io, rispondendo lei,
dissi cotanto: « In quelle parole che lodano la donna
mia ».[1] Allora mi rispuose questa che mi parlava: « Se tu ne
dicessi vero, quelle parole che tu n'hai dette in notificando[2] la tua condizione, avrestù[3] operate con altro intendimento ». Onde io, pensando a queste parole, quasi ver-
gognoso mi partio da loro, e venia dicendo fra me medesimo: « Poi che è tanta beatitudine in quelle parole che
lodano la mia donna, perché altro parlare è stato lo mio? »
E però propuosi di prendere per matera de lo mio parlare
sempre mai[4] quello che fosse loda di questa gentilissima; e
pensando molto a ciò, pareami avere impresa troppo alta
matera quanto a me,[5] sì che non ardia di cominciare; e così
dimorai alquanti dì con disiderio di dire e con paura di
cominciare.

XIX. Avvenne poi che passando per uno cammino lungo
lo quale sen gia uno rivo chiaro molto, a me giunse tanta
volontade di dire, che io cominciai a pensare lo modo ch'io
tenesse; e pensai che parlare di lei non si convenia che io
facesse, se io non parlasse a donne in seconda persona, e
non ad ogni donna, ma solamente a coloro che sono gentili
e che non sono pure femmine. Allora dico che la mia lingua parlò quasi come per se stessa mossa, e disse: *Donne
ch'avete intelletto d'amore.* Queste parole io ripuosi ne la
mente con grande letizia, pensando di prenderle per mio
cominciamento; onde poi, ritornato a la sopradetta cittad,
pensando alquanti die, cominciai una canzone[6] con questo

1 « *In quelle parole... la donna mia* »: nei miei versi.
2 *notificando*: descrivendo. 3 *avrestù*: avresti tu.
4 *sempre mai*: sempre, per sempre.
5 *quanto a me*: rispetto alle mie capacità.
6 *onde poi, ritornato... cominciai una canzone*: È questo un passo di estrema
importanza. « Si trova infatti condensata in questo brano la *poetica* del
dolce stil nuovo, il nuovo concetto dell'espressione artistica che si era
venuto maturando in Dante, certo, anche per suggestione dagli altri poeti,
ma principalmente come personale esperienza d'arte, e riflesso consapevole del nuovo ambiente di cultura che il poeta respirava nella Firenze

cominciamento, ordinata nel modo che si vedrà di sotto ne
la sua divisione. La canzone[1] comincia: *Donne ch'avete*.

Donne ch'avete intelletto d'amore,[2] 
    i' vo' con voi de la mia donna dire,
    non perch'io creda sua laude finire,[3]
    ma ragionar per isfogar la mente.
5   Io dico che pensando il suo valore,
    Amor sì dolce mi si fa sentire,
    che s'io allora non perdessi ardire,
    farei parlando innamorar la gente.
    E io non vo' parlar[4] sì altamente,
10   ch'io divenisse per temenza vile;
    ma tratterò del suo stato gentile
    a respetto di lei leggeramente,[5]
    donne e donzelle amorose, con vui,
    ché non è cosa da parlarne altrui.[6]
15   Angelo clama in divino intelletto
    e dice:[7] « Sire, nel mondo si vede

bianca del suo tempo. In questo senso bisogna intendere il carattere ri
flesso della poesia stilnovistica di Dante, l'intellettualismo che sorregge e
guida la trascrizione poetica. Il poeta mosso dall'ispirazione, non s'abbandona ad essa, ma la riflette nella sua interiorità, *ragionando* del suo
significato e del suo stile: ‹cominciai a *pensare* lo modo... e *pensai* che non
si convenia... e... *pensando* alquanti die... ripuosi ne la mente›. Infine la
lingua parlerà, sì, *quasi come* per se stessa mossa, ma, come si conviene, *ir
seconda persona*, mediando con l'intelletto d'amore — con la trama con-
cettuale e con la perizia stilistica — la primitiva ‹voluntade›. Il tono
estatico, l'eleganza gentile, la giovanile semplicità che caratterizzano la
nuova poesia dantesca, sono valori riflessi, frutto di una maturità artistica
raggiunta attraverso l'esperienza di certo sensuale realismo della scuola
siciliana, del formalismo cortese della scuola provenzale e della maniera
dotta, astrattamente concettosa, della vecchia scuola toscana » (Russo).

1 *La canzone*: tutta in endecasillabi, è composta di cinque strofe.

2 *ch'avete intelletto d'amore*: che comprendete che cosa è amore.

3 *sua laude finire*: cantare le sue lodi in modo completo.

4 *E io non vo' parlar*: non voglio parlare altamente, per non avere sgomento della propria inferiorità.

5 *leggeramente*: in modo umile, non *altamente*.

6 *ma tratterò... altrui*: c'è una duplice restrizione: del pubblico a cui si
rivolge, e del tono del discorso.

7 *Angelo clama... e dice*: un angelo prega Dio dicendo.

maraviglia ne l'atto che procede
d'un'anima che 'nfin qua su risplende ».
Lo cielo, che non have altro difetto

20 che d'aver lei, al suo segnor la chiede,
e ciascun santo ne grida merzede.[1]
Sola Pietà nostra parte difende,
ché parla Dio, che di madonna intende:[2]
« Diletti miei, or sofferite[3] in pace

25 che vostra spene sia quanto me piace
là 'v' è alcun che perder lei s'attende,
e che dirà ne lo inferno: O mal nati,
io vidi la speranza de' beati ».[4]
Madonna è disiata in sommo cielo:

30 or voi[5] di sua virtù farvi savere.
Dico, qual vuol gentil donna parere
vada con lei, che quando va per via,
gitta nei cor villani Amore un gelo,
per che onne lor pensero agghiaccia e pere;

35 e qual soffrisse di starla a vedere
diverria nobil cosa, o si morria.
E quando trova alcun che degno sia
di veder lei, quei prova sua vertute,
ché li avvien, ciò che li dona, in salute,[6]

40 e sì l'umilia, ch'ogni offesa oblia.
Ancor l'ha Dio per maggior grazia dato
che non pò mal finir[7] chi l'ha parlato.
Dice di lei Amor: « Cosa mortale
come esser pò sì adorna e sì pura? »

45 Poi la reguarda, e fra se stesso giura
che Dio ne 'ntenda di far cosa nova.[8]

---

1 *ne grida merzede*: chiede in grazia che ella sia chiamata in cielo.

2 *che di madonna intende*: allude a Beatrice.

3 *sofferite*: sopportate ancora che Beatrice rimanga in terra.

4 *O mal nati, io... de' beati*: non sono come voi, dannati dell'inferno, perché ho visto Beatrice in terra, amata dai beati.

5 *voi*: voglio.

6 *ché... in salute*: ciò che Beatrice gli dona con la sua apparizione favorisce la sua salvezza spirituale.

7 *mal finir*: dannarsi.

8 *nova*: straordinaria, miracolosa.

Color di perle ha quasi, in forma quale
convene a donna aver, non for misura:
ella è quånto de ben pò far natura;
50   per essemplo di lei[1] bieltà si prova.
De li occhi suoi, come ch'ella li mova,
escono spirti d'amore inflammati,
che feron li occhi a qual che allor la guati,
e passan[2] sì che 'l cor ciascun retrova:
55   voi le vedete Amor pinto nel viso,
là 've non pote alcun mirarla fiso.
Canzone, io so che tu girai parlando
a donne assai, quand'io t'avrò avanzata.[3]
Or t'ammonisco, perch'io t'ho allevata
60   per figliuola d'Amor giovane e piana,[4]
che là 've giugni tu dichi pregando:
« Insegnatemi gir, ch'io son mandata
a quella[5] di cui laude so' adornata ».
E se non vuoli andar sì come vana,[6]
65   non restare ove sia gente villana:
ingegnati, se puoi, d'esser palese
solo con donne o con omo cortese,
che ti merranno là per via tostana.[7]
Tu troverai Amor con esso lei;
70   raccomandami a lui come tu dei.

Questa canzone, acciò che sia meglio intesa, la dividerò
più artificiosamente[8] che l'altre cose di sopra. E però prima
ne fo tre parti: la prima parte è proemio de le sequenti
parole; la seconda è lo intento trattato; la terza è quasi una
serviziale de le precedenti[9] parole. La seconda comincia

1 *per essemplo di lei*: Beatrice assunta come modello ideale di bellezza,
pietra di paragone.
2 *e passan*: e penetrano. Secondo la dottrina stilnovistica, la bellezza
attua il bene che si trova in potenza nell'uomo.
3 *avanzata*: licenziata, data in lettura.
4 *giovane e piana*: « modesta e umile » (Carducci).
5 *a quella*: a Beatrice. 6 *vana*: incapace di discernere.
7 *tostana*: rapida.
8 *artificiosamente*: con sottigliezza (Sapegno).
9 *una serviziale de le precedenti*: dal provenzale « servissal »: servente.

quivi: *Angelo clama*; la terza quivi: *Canzone, io so che*. La prima parte si divide in quattro: ne la prima dico a cu' io dicer voglio de la mia donna, e perché io voglio dire; ne la seconda dico quale me pare avere[1] a me stesso quand'io penso lo suo valore, e com'io direi s'io non perdessi l'ardimento; ne la terza dico come credo dire di lei, acciò ch'io non sia impedito da viltà; ne la quarta, ridicendo anche a cui ne intenda dire, dico la cagione per che dico a loro. La seconda comincia quivi: *Io dico*; la terza quivi: *E io non vo' parlar*; la quarta: *donne e donzelle*. Poscia quando dico: *Angelo clama*, comincio a trattare di questa donna. E dividesi questa parte in due: ne la prima dico che di lei si comprende in cielo; ne la seconda dico che di lei si comprende in terra, quivi: *Madonna è disiata*. Questa seconda parte si divide in due; che ne la prima dico di lei quanto da la parte de la nobilitade de la sua anima, narrando alquanto de le sue vertudi effettive che de la sua anima procedeano; ne la seconda dico di lei quanto da la parte de la nobilitade del suo corpo, narrando alquanto de le sue bellezze, quivi: *Dice di lei Amor*. Questa seconda parte si divide in due; che ne la prima dico d'alquante bellezze che sono secondo tutta la persona; ne la seconda dico d'alquante bellezze che sono secondo diterminata parte de la persona, quivi: *De li occhi suoi*. Questa seconda parte si divide in due; che ne l'una dico degli occhi, li quali sono principio d'amore; ne la seconda dico de la bocca, la quale è fine d'amore.[2] E acciò che quinci si lievi ogni vizioso pensiero,[3] ricordisi chi ci legge, che di sopra è scritto che lo saluto di questa donna, lo quale era de le operazioni de la bocca sua, fue fine de li miei desiderii mentre ch'io lo potei ricevere. Poscia quando dico: *Canzone, io so che tu*, aggiungo una stanza quasi come ancella de l'altre, ne la quale dico quello che di questa mia canzone desidero; e però che

1 *quale me pare avere*: come mi sembra di sentirmi.

2 *De li... amore*: « distinguo nella sua persona due parti nelle quali la umana piacenza o dispiacenza più appare... cioè negli occhi e nella bocca;... dimostrasi negli occhi... la sua presente passione, chi ben la mira... dimostrasi nella bocca, quasi siccome colore dopo vetro » (*Convivio*, III, 8).

3 *vizioso pensiero*: Dante vuole intendere la bocca non riferita all'atto del baciare, ma a quello del salutare e del sorridere.

questa ultima parte è lieve a intendere, non mi travaglio c
più divisioni. Dico bene che, a più aprire lo intendiment
di questa canzone, si converrebbe usare di più minute d
visioni; ma tuttavia chi non è di tanto ingegno che pe
queste che sono fatte la possa intendere, a me non dispiac
se la mi lascia stare, ché certo io temo d'avere a tropp
comunicato[1] lo suo intendimento pur per queste division
che fatte sono, s'elli avvenisse che molti le potessero audire

XX. Appresso che questa canzone fue alquanto divolgat
tra le genti, con ciò fosse cosa che alcuno amico l'udisse
volontade lo mosse a pregare me che io li dovesse dire ch
è Amore, avendo forse per l'udite parole speranza di m
oltre che degna.[2] Onde io, pensando che appresso di cota▶
trattato bello era trattare alquanto d'Amore, e pensand
che l'amico era da servire,[3] proposi di dire parole ne l
quali io trattassi d'Amore; e allora dissi questo sonetto, l
qual comincia: *Amore e 'l cor gentil.*

>   Amore e 'l cor gentil sono una cosa,[4]
>   sì come il saggio[5] in suo dittare[6] pone,
>   e così esser l'un sanza l'altro osa
> 4   com'alma razional[7] sanza ragione.
>   Falli natura quand'è amorosa,[8]
>   Amor per sire e 'l cor per sua magione, *casa*
>   dentro la qual dormendo si riposa[9]

1 *io temo d'avere a troppi comunicato*...: « affermazione d'aristocrazia ir
tellettuale » (Sapegno).

2 *speranza di me oltre che degna*: speranza, aspettazione elevata dal mi
ingegno.

3 *era da servire*: meritava una mia risposta.

4 *Amore e 'l cor gentil sono una cosa*: è l'enunciato fondamentale dell
teoria d'amore degli stilnovisti. La troviamo espressa e illustrata nell
canzone di Guinizzelli *Al cor gentil repara sempre Amore.*

5 *il saggio*: è appunto Guido Guinizzelli, poeta bolognese.

6 *dittare*: componimento poetico.

7 *alma razional*: come la ragione sta ad un'anima razionale, così l'amor
sta ad un cuore gentile.

8 *amorosa*: disposta ad amare dall'influsso dei cieli (Sapegno).

9 *dormendo si riposa*: è lo schema del passaggio dalla *potenza* all'*att*
(secondo i concetti aristotelici). L'occasione che determina il passaggio
l'apparire della bellezza.

tal volta poca e tal lunga stagione.
   Bieltate appare in saggia[1] donna pui,[2]
      che piace a gli occhi sì, che dentro al core
1   nasce un disio de la cosa piacente;
      e tanto dura talora in costui,
      che fa svegliar lo spirito d'Amore.
4   E simil face in donna omo valente.

Questo sonetto si divide in due parti: ne la prima dico di
lui in quanto è in potenzia; ne la seconda dico di lui in
quanto di potenzia si riduce in atto. La seconda comincia
quivi: *Bieltate appare*. La prima si divide in due: ne la
prima dico in che suggetto[3] sia questa potenzia; ne la seconda dico sì come questo suggetto e questa potenzia siano
produtti in essere, e come l'uno guarda l'altro[4] come forma
materia. La seconda comincia quivi: *Falli natura*. Poscia
quando dico: *Bieltate appare*, dico come questa potenzia[5] si
riduce in atto; e prima come si riduce in uomo, poi come si
riduce in donna, quivi: *E simil face in donna*.

XXI. Poscia che trattai d'Amore ne la soprascritta rima,
vennemi volontade di volere dire anche, in loda di questa
gentilissima, parole, per le quali io mostrasse come per lei
si sveglia questo Amore, e come non solamente si sveglia là
ve dorme, ma là ove non è in potenzia, ella, mirabilemente operando, lo fa venire. E allora dissi questo sonetto,
lo quale comincia: *Ne li occhi porta*.

   Ne li occhi porta la mia donna Amore,
      per che si fa gentil ciò ch'ella mira;
      ov'ella passa, ogn'om ver lei si gira,
4   e cui[6] saluta fa tremar lo core,
      sì che, bassando il viso, tutto smore,

1 *saggia*: virtuosa.   2 *pui*: poi.
3 *in che suggetto*: in quali animi.
4 *guarda l'altro*: sta all'altro.
5 *potenzia*: attitudine ancora inespressa. Come *forma*, *matera* e *atto* si
atta di concetti fondamentali della filosofia aristotelica.
6 *cui*: a quello che.

e d'ogni suo difetto allor sospira:
fugge dinanzi a lei superbia ed ira.

8   Aiutatemi, donne, farle onore.

Ogne dolcezza, ogne pensero umile
nasce nel core a chi parlar la sente,

11   ond'è laudato[1] chi prima la vide.

Quel ch'ella par quando un poco sorride,
non si pò dicer né tenere a mente,

14   sì è novo miracolo e gentile.[2]

Questo sonetto si ha tre parti: ne la prima dico sì come questa donna riduce questa potenzia in atto secondo la nobilissima parte de li suoi occhi; e ne la terza dico questo medesimo secondo la nobilissima parte de la sua bocca; e intra queste due parti è una particella, ch'è quasi domandatrice d'aiuto a la precedente parte e a la sequente, e comincia quivi: *Aiutatemi, donne*. La terza comincia quivi: *Ogne dolcezza*. La prima si divide in tre; che ne la prima parte dico sì come virtuosamente fae gentile tutto ciò che vede, e questo è tanto a dire quanto inducere[3] Amore in potenzia là ove non è; ne la seconda dico come reduce in atto Amore ne li cuori di tutti coloro cui vede; ne la terza dico quello che poi virtuosamente adopera ne' loro cuori. La seconda comincia quivi: *ov'ella passa*; la terza quivi: *e cui saluta*. Poscia quando dico: *Aiutatemi, donne*, do a intendere a cui la mia intenzion è di parlare, chiamando le donne che m'aiutino onorare costei. Poscia quando dico: *Ogne dolcezza*, dico quello medesimo che detto è ne la prima parte, secondo due atti de la sua bocca; l'uno de li quali è lo suo dolcissimo parlare, e l'altro lo suo mirabile riso; salvo che non dico di questo ultimo come adopera ne' cuori altrui, però che la memoria non puote ritenere lui né sua operazione.

1 *laudato*: viene lodato per avere acquisito virtù dopo averla vista.

2 *sì è novo miracolo e gentile*: « *gentile* è l'ultima parola del sonetto e riassume l'intonazione fondamentale » (Barbi-Maggini).

3 *inducere*: far nascere, suscitare.

4 *l'uno... mirabile riso*: « E come dolce parla e dolce ride » (Petrarca, 159).

xxii. Appresso ciò non molti dì passati, sì come piacque al glorioso sire[1] lo quale non negoe la morte a sé, colui che era stato genitore di tanta meraviglia quanta si vedea ch'era questa nobilissima Beatrice, di questa vita uscendo, a la gloria etternale se ne gio[2] veracemente. Onde con ciò sia cosa che cotale partire sia doloroso a coloro che rimangono e sono stati amici di colui che se ne va; e nulla sia sì intima amistade come da buon padre a buon figliuolo e da buon figliuolo a buon padre; e questa donna fosse in altissimo grado di bontade, e lo suo padre, sì come da molti si crede e vero è, fosse bono in alto grado; manifesto è che questa donna fue amarissimamente piena di dolore.[3] E con ciò sia cosa che, secondo l'usanza de la sopradetta cittad, donne con donne e uomini con uomini s'adunino a cotale tristizia,[4] molte donne s'adunaro colà dove questa Beatrice piangea pietosamente: onde io veggendo ritornare alquante donne da lei, udio dicere loro parole di questa gentilissima, com'ella si lamentava; tra le quali parole udio che diceano: « Certo ella piange sì, che quale la mirasse doverebbe morire di pietade ». Allora trapassaro[5] queste donne; e io rimasi in tanta tristizia, che alcuna lagrima talora bagnava la mia faccia, onde io mi ricopria con porre le mani spesso a li miei occhi; e se non fosse ch'io attendea audire anche di lei,[6] però ch'io era in luogo onde se ne giano la maggiore

1 *sire*: Dio.

2 *colui... se ne gio*: Folco Portinari, padre di Beatrice, morì il 31 dicembre 1289.

3 *Onde... piena di dolore*: « questo paragrafo sul dolore di Beatrice è costruito a sillogismi. È una specie di architettura gotica che esprime la compostezza e monumentalità di tale dolore, in confronto a quello scoperto e umano di Dante: il quale nel resto del capitolo si descrive come una figuretta curva investita dalla tempesta delle notizie dolorose » (Chiappelli).

4 *secondo l'usanza... tristizia*: « dopo la miracolosa allegrezza del sonetto precedente, la prosa scandisce ora un tempo largo, da epicedio, cui convengono la dolorosa immagine di Beatrice piangente e il suo pietoso lamento, la tristezza delle donne che da lei si erano dipartite, e le lacrime del poeta » (Russo).

5 *Allora trapassaro*: intanto passarono oltre.

6 *audire anche di lei*: udir parlare anche di lei.

parte di quelle donne che da lei si partiano, io mi sarei
nascoso incontanente che[1] le lagrime m'aveano assalito. E
però dimorando ancora nel medesimo luogo, donne anche
passaro[2] presso di me, le quali andavano ragionando tra
loro queste parole: « Chi dee mai essere lieta di noi, che
avemo udita parlare questa donna così pietosamente? »
Appresso costoro passaro altre donne, che veniano dicendo:
« Questi ch'è qui piange né più né meno come se l'avesse
veduta, come noi avemo ». Altre dipoi diceano di me:
« Vedi questi che non pare esso, tal è divenuto! » E così
passando queste donne, udio parole di lei e di me in questo
modo che detto è. Onde io poi, pensando, proposi di dire
parole, acciò che[3] degnamente avea cagione di dire,[4] ne le
quali parole io conchiudesse[5] tutto ciò che inteso avea da
queste donne; e però che volentieri l'averei domandate, se
non mi fosse stata riprensione,[6] presi tanta matera di dire[7]
come s'io l'avesse domandate ed elle m'avessero risposto. E
feci due sonetti; che nel primo domando in quello modo
che voglia mi giunse di domandare; ne l'altro dico la loro
risponsione, pigliando ciò ch'io udio da loro sì come lo mi
avessero detto rispondendo. E comincia lo primo: *Voi che portate la sembianza umile*, e l'altro: *Se' tu colui c'hai trattato sovente*.

      Voi che portate la sembianza umile,[8]
        con li occhi bassi, mostrando dolore,
        onde venite che 'l vostro colore
4   par divenuto de pietà simile?
        Vedeste voi nostra donna gentile
        bagnar nel viso suo di pianto Amore?
        Ditelmi, donne, che 'l mi dice il core,
8   perch'io vi veggio andar sanz'atto vile.[9]

1 *incontanente che*: appena.

2 *donne anche passaro*: passarono altre donne.   3 *acciò che*: poiché.

4 *degnamente avea cagione di dire*: avevo una degna ragione di scrivere
versi.

5 *conchiudesse*: contenessi.

6 *se non mi fosse stata riprensione*: se non mi fosse parso sconveniente.

7 *presi tanta matera di dire*: un così degno motivo di scrivere versi.

8 *sembianza umile*: aspetto dimesso, triste.

9 *sanz'atto vile*: con nobile, decoroso portamento, nonostante il dolore.

E se venite da tanta pietate,[1]
piacciavi di restar qui meco alquanto,
11   e qual che sia di lei, nol mi celate.
Io veggio li occhi vostri c'hanno pianto,
e veggiovi tornar sì sfigurate,
14   che 'l cor mi triema di vederne tanto.[2]

Questo sonetto si divide in due parti: ne la prima
chiamo e domando queste donne se vegnono da lei, dicendo loro che io lo credo, però che tornano quasi ingentilite; ne la seconda le prego che mi dicano di lei. La seconda comincia quivi: *E se venite.*

Qui appresso è l'altro sonetto, sì come dinanzi avemo
narrato.

Se' tu colui c'hai trattato sovente
di nostra donna, sol parlando a nui?
Tu risomigli a la voce ben lui,
4   ma la figura ne par d'altra gente.
E perché piangi tu sì coralmente,[3]
che fai di te pietà venire altrui?
Vedestù pianger lei, che tu non pui
8   punto celar la dolorosa mente?[4]
Lascia piangere noi e triste andare[5]
(e fa peccato chi mai ne conforta),
11   che nel suo pianto l'udimmo parlare.
Ell'ha nel viso la pietà sì scorta,[6]
che qual l'avesse voluta mirare
14   sarebbe innanzi lei piangendo[7] morta.

Questo sonetto ha quattro parti, secondo che quattro
modi di parlare ebbero in loro le donne per cui rispondo; e
però che sono di sopra assai manifesti, non m'intrametto

1 *da tanta pietate*: da una scena così pietosa.
2 *di vederne tanto*: anche questo soltanto, non quello di Beatrice.
3 *coralmente*: accoratamente, dal più profondo del cuore.
4 *la dolorosa mente*: il pensiero del dolore.
5 *e triste andare*: con un mesto andamento.
6 *sì scorta*: così manifesta.
7 *innanzi lei piangendo*: davanti a lei che piangeva.

di narrare le sentenzia de le parti, e però le distinguo solamente. La seconda comincia quivi: *E perché piangi*; la terza: *Lascia piangere noi*; la quarta: *Ell'ha nel viso*.

XXIII. Appresso ciò per pochi dì[1] avvenne che in alcuna parte de la mia persona mi giunse una dolorosa infermitade, onde io continuamente soffersi per nove dì amarissima pena; la quale mi condusse a tanta debolezza, che me convenia stare come coloro li quali non si possono muovere. Io dico che ne lo nono giorno, sentendome dolere quasi intollerabilmente, a me giunse uno pensero lo quale era de la mia donna. E quando ei pensato alquanto di lei, ed io ritornai pensando a la mia debilitata vita; e veggendo come leggiero[2] era lo suo durare, ancora che sana fosse, sì cominciai a piangere fra me stesso di tanta miseria. Onde, sospirando forte, dicea fra me medesimo: « Di necessitade convene che la gentilissima Beatrice alcuna volta si muoia ». E però mi giunse uno sì forte smarrimento, che chiusi li occhi e cominciai a travagliare sì come farnetica persona ed a imaginare in questo modo: che ne lo incominciamento de lo errare che fece la mia fantasia, apparvero a me certi visi di donne scapigliate,[3] che mi diceano: « Tu pur morrai ». E poi, dopo queste donne, m'apparvero certi visi diversi[4] e orribili a vedere, li quali mi diceano: « Tu se' morto ». Così cominciando ad errare la mia fantasia, venni a quello[5] ch'io non sapea ove io mi fosse; e vedere mi parea donne andare scapigliate piangendo per via, maravigliosamente triste; e pareami vedere lo sole oscurare, sì che le stelle si mostravano di colore ch'elle mi faceano giudicare che piangessero; e pareami che li uccelli volando per l'aria cadessero morti, e che fossero grandissimi terremuoti. E maravigliandomi in cotale fantasia, e paventando assai, imaginai alcuno amico

1 *Appresso ciò per pochi dì*: pochi giorni dopo.
2 *leggiero*: fragile.
3 *apparvero... di donne scapigliate*: è la descrizione di una nuova visione di delirio e di dramma, molto efficace.
4 *diversi*: insoliti.
5 *quello*: ciò.

he mi venisse a dire: « Or non sai? la tua mirabile donna
è partita di questo secolo ».[1] Allora cominciai a piangere
molto pietosamente; e non solamente piangea ne la imaginazione, ma piangea con li occhi, bagnandoli di vere
lagrime. Io imaginava di guardare verso lo cielo, e pareami
vedere moltitudine d'angeli li quali tornassero in suso, ed
aveano dinanzi da loro una nebuletta bianchissima. A me
parea che questi angeli cantassero gloriosamente, e le parole del loro canto mi parea udire che fossero queste:
osanna in excelsis;[2] e altro non mi parea udire. Allora mi
parea che lo cuore, ove era tanto amore, mi dicesse: « Vero
è che morta giace la nostra donna ». E per questo mi parea
andare per vedere lo corpo ne lo quale era stata quella
nobilissima e beata anima; e fue sì forte la erronea fantasia, che mi mostrò questa donna morta: e pareami che
donne la covrissero, cioè la sua testa, con uno bianco velo;
e pareami che la sua faccia avesse tanto aspetto d'umilitade, che parea che dicesse: « Io sono a vedere lo principio
de la pace ». In questa imaginazione mi giunse tanta
umilitade per vedere lei, che io chiamava la Morte, e dicea:
« Dolcissima Morte, vieni a me, e non m'essere villana,
però che tu dei essere gentile, in tal parte se' stata! Or vieni
a me, ché molto ti desidero; e tu lo vedi, ché io porto già lo
tuo colore ». E quando io avea veduto compiere tutti li
dolorosi mestieri che a le corpora de li morti s'usano di
fare, mi parea tornare ne la mia camera, e quivi mi parea
guardare verso lo cielo; e sì forte era la mia imaginazione,
che piangendo incominciai a dire con verace voce: « Oi
anima bellissima, come è beato colui che ti vede! » E dicendo io queste parole con doloroso singulto di pianto, e
chiamando la Morte che venisse a me, una donna giovane
e gentile, la quale era lungo lo mio letto, credendo che

1 *partita di questo secolo*: andata via da questo mondo, morta. « Tenebre
e terremoto sono fra i prodigi che accompagnano la morte di Cristo »
(Contini).

2 *Osanna in excelsis*: frase liturgica. Si tratta dell'acclamazione del
popolo quando Gesù entrò in Gerusalemme. Continua così, secondo
l'osservazione di Contini, il parallelo che Dante stabilisce qui tra Beatrice
e Cristo.

lo mio piangere e le mie parole fossero solamente per l
dolore de la mia infermitade, con grande paura cominciò
piangere. Onde altre donne che per la camera erano s'a
corsero di me, che io piangea, per lo pianto che vedean
fare a questa; onde faccendo lei partire da me, la quale er
meco di propinquissima sanguinitade[1] congiunta, elle
trassero verso me per isvegliarmi, credendo che io sognass
e diceanmi: « Non dormire più », e « Non ti sconfortare
E parlandomi così, sì mi cessò la forte fantasia[2] entro i
quello punto[3] ch'io volea dicere: « O Beatrice, benedett
sie tu »; e già detto avea « O Beatrice », quando riscote
domi apersi li occhi, e vidi che io era ingannato.[4] E co
tutto che io chiamasse questo nome, la mia voce era
rotta dal singulto del piangere, che queste donne non n
pottero intendere, secondo il mio parere; e avvegna che i
vergognasse molto, tuttavia per alcuno ammoniment
d'Amore mi rivolsi a loro. E quando mi videro, cominciar
a dire: « Questi pare morto », e a dire tra loro: « Procc
riamo di confortarlo »; onde molte parole mi diceano d
confortarmi, e talora mi domandavano di che io avess
avuto paura. Onde io, essendo alquanto riconfortato,
conosciuto lo fallace imaginare, rispuosi a loro: « Io vi d
roe quello ch'i' hoe avuto ». Allora, cominciandomi da
principio infino a la fine, dissi loro quello che veduto ave
tacendo lo nome di questa gentilissima. Onde poi, sanat
di questa infermitade, propuosi di dire parole di questo ch
m'era addivenuto, però che mi parea che fosse amoros
cosa da udire; e però ne dissi questa canzone: *Donna pietos
e di novella etate*, ordinata sì come manifesta la infrascritt
divisione.

Donna pietosa e di novella[5] etate,
    adorna assai di gentilezze umane,

1 *di propinquissima sanguinitade*: di parentela molto stretta. Si tratta for
di una sorella.
2 *forte fantasia*: profondo turbamento.
3 *entro in quello punto*: nel momento in cui.
4 *ingannato*: fuori di me.
5 *novella*: giovanile.

ch'era là 'v'io chiamava spesso Morte,
veggendo li occhi miei pien di pietate,[1]
e ascoltando le parole vane,
si mosse con paura a pianger forte.
E altre donne, che si fuoro accorte
di me per quella che meco piangia,
fecer lei partir via,
e appressarsi per farmi sentire.[2]
Qual dicea: « Non dormire »,
e qual dicea: « Perché sì ti sconforte? »
Allor lassai la nova fantasia,
chiamando il nome de la donna mia.
Era la voce mia sì dolorosa
e rotta sì da l'angoscia[3] del pianto,
ch'io solo intesi il nome nel mio core;
e con tutta la vista vergognosa
ch'era nel viso mio giunta cotanto,
mi fece verso lor volgere Amore.
Elli era tale a veder mio colore,
che facea ragionar di morte altrui:
« Deh, consoliam costui »
pregava l'una l'altra umilemente;
e dicevan sovente:
« Che vedestù, che tu non hai valore? »[4]
E quando un poco confortato fui,
io dissi: « Donne, dicerollo a vui.
Mentr'io pensava la mia frale vita,
e vedea 'l suo durar com'è leggiero,
piansemi Amor nel core, ove dimora;
per che l'anima mia fu sì smarrita,
che sospirando dicea nel pensero:
— Ben converrà che la mia donna mora. —
Io presi tanto smarrimento allora,
ch'io chiusi li occhi vilmente gravati,[5]

1 *pietate*: angoscia.
2 *farmi sentire*: farmi tornare in me.
3 *l'angoscia*: singhiozzo.
4 *non hai valore*: coraggio, forza.
5 *gravati*: abbassati dallo scoraggiamento.

e furon sì smagati[1]
li spiriti miei, che ciascun giva errando;
e poscia imaginando,
40   di caunoscenza[2] e di verità fora,[3]
visi di donne m'apparver crucciati,
che mi dicean pur:[4] — Morra'ti, morra'ti. —
Poi vidi cose dubitose[5] molte,
nel vano imaginare ov'io entrai;
45   ed esser mi parea non so in qual loco,
e veder donne andar per via disciolte,[6]
qual lagrimando, e qual traendo guai,[7]
che di tristizia saettavan foco.
Poi mi parve vedere a poco a poco
50   turbar lo sole e apparir la stella,
e pianger elli ed ella;
cader li augelli volando per l'are,[8]
e la terra tremare;
ed omo apparve scolorito e fioco,
55   dicendomi: — Che fai? Non sai novella?[9]
morta è la donna tua, ch'era sì bella. —
Levava li occhi miei[10] bagnati in pianti,
e vedea, che parean pioggia di manna,
li angeli che tornavan suso in cielo,
60   e una nuvoletta avean davanti,
dopo[11] la qual gridavan tutti: Osanna;
e s'altro avesser detto, a voi dire'lo.
Allor diceva Amor: — Più nol ti celo;
vieni a veder nostra donna che giace. —

1 *smagati*: smarriti, abbattuti.
2 *caunoscenza*: conoscenza.
3 *fora*: senza, lontano da.
4 *pur*: continuamente.
5 *dubitose*: spaventose.
6 *disciolte*: « scapigliate (come dice la prosa) » (Barbi-Maggini).
7 *traendo guai*: emettendo lamenti.
8 *are*: aria.
9 *Non sai novella?*: « sai cosa? » (Contini).
10 *Levava li occhi miei*: « È la frase stessa di un salmo : *Levavi oculi meos* » (Barbi-Maggini).
11 *dopo*: dietro.

65   Lo imaginar fallace
         mi condusse a veder madonna morta;
         e quand'io l'avea scorta,
         vedea che donne la covrian d'un velo;
         ed avea seco umiltà verace,
70   che parea che dicesse: — Io sono in pace. —
       Io divenia nel dolor sì umile,
         veggendo in lei tanta umiltà formata,[1]
         ch'io dicea: — Morte, assai dolce ti tegno;
         tu dei omai esser cosa gentile,
75   poi che tu se' ne la mia donna stata,
         e dei aver pietate e non disdegno.
         Vedi che sì desideroso vegno
         d'esser de' tuoi, ch'io ti somiglio in fede.
         Vieni, ché 'l cor te chiede. —
80   Poi mi partia, consumato ogne duolo;[2]
         e quand'io era solo,
         dicea, guardando verso l'alto regno:
         — Beato, anima bella, chi te vede! —
         Voi mi chiamaste allor, vostra merzede ».[3]

Questa canzone ha due parti: ne la prima dico, parlando a indiffinita persona, come io fui levato d'una vana fantasia da certe donne, e come promisi loro di dirla; ne la seconda dico come io dissi a loro. La seconda comincia quivi: *Mentr'io pensava.* La prima parte sì divide in due: ne la prima dico quello che certe donne, e che una sola, dissero e fecero per la mia fantasia quanto è dinanzi che io fossi tornato in verace condizione; ne la seconda dico quello che queste donne mi dissero poi che io lasciai questo farneticare; e comincia questa parte quivi: *Era la voce mia.* Poscia quando dico: *Mentr'io pensava,* dico come io dissi loro questa mia imaginazione. Ed intorno a ciò foe due parti: ne la prima dico per ordine questa imaginazione; ne la

   1 *formata*: incarnata.
   2 *consumato ogne duolo*: « Quando era compiuta ogni cerimonia funebre » (Barbi-Maggini).
   3 *vostra merzede*: per vostra grazia.

seconda, dicendo a che ora mi chiamaro, le ringrazio chiusamente; e comincia quivi questa parte: *Voi mi chiamaste*.

XXIV. Appresso questa vana imaginazione, avvenne uno die che, sedendo io pensoso in alcuna parte, ed io[1] mi sentio cominciare un tremuoto nel cuore, così come se io fosse stato presente a questa donna. Allora dico che mi giunse una imaginazione d'Amore; che mi parve vederlo venire da quella parte ove la mia donna stava, e pareami che lietamente mi dicesse nel cor mio: « Pensa di benedicere lo dì che io ti presi,[2] però che tu lo dei fare ». E certo me parea avere lo cuore sì lieto, che me non parea che fosse lo mio cuore, per la sua nuova condizione. E poco dopo queste parole, che lo cuore mi disse con la lingua d'Amore, io vidi venire verso me una gentile donna, la quale era di famosa bieltade, e fue già molto donna[3] di questo primo mio amico. E lo nome di questa donna era Giovanna, salvo che per la sua bieltade, secondo che altri crede, imposto l'era nome Primavera; e così era chiamata. E appresso lei, guardando, vidi venire la mirabile Beatrice.[4] Queste donne andaro presso di me così l'una appresso l'altra, e parve che Amore mi parlasse nel cuore, e dicesse: « Quella prima è nominata Primavera solo per questa venuta d'oggi; ché io mossi lo imponitore del nome a chiamarla così Primavera, cioè prima verrà[5] lo die che Beatrice si mosterrà dopo la imaginazione del suo fedele. E se anche vogli considerare lo primo nome suo, tanto è quanto dire ‹prima verrà›, però che lo suo nome Giovanna è da quello Giovanni lo quale precedette la verace luce, dicendo: ‹Ego vox

1 *ed io*: ed ecco che io. 2 *ti presi*: mi impadronii del tuo cuore.

3 *fue già molto donna*: dominò a lungo nell'animo del mio primo amico (Guido Cavalcanti).

4 *questa donna era Giovanna... la mirabile Beatrice*: « l'onomastica serve a personificare in gentili figurazioni due diverse direzioni stilistiche: quella cavalcantiana, fiorita prima (Primavera), e di cui Dante, più giovane di Guido, seguì il corso, e quella più propriamente dantesca (Beatrice), che qui Dante esalta per la ‹mirabile bieltade› » (Russo).

5 *prima verrà*: « verrà per la prima. Bizzarra spiegazione etimologica di stile prettamente medievale » (Sapegno).

clamantis in deserto: parate viam Domini⟩ ».[1] Ed anche mi parve che mi dicesse, dopo, queste parole: « E chi volesse sottilmente considerare, quella Beatrice chiamerebbe Amore,[2] per molta simiglianza che ha meco ». Onde io poi, ripensando, propuosi di scrivere per rima a lo mio primo amico (tacendomi certe parole le quali pareano da tacere), credendo io che ancor lo suo cuore mirasse la bieltade di questa Primavera gentile; e dissi questo sonetto, lo quale comincia: *Io mi senti' svegliar*.

> Io mi senti' svegliar dentro a lo core
>   un spirito amoroso che dormia:
>   e poi vidi venir da lungi Amore
> 4   allegro sì, che appena il conoscia,
>   dicendo: « Or pensa pur di farmi onore »;
>   e 'n ciascuna parola sua ridia.[3]
>   E poco stando meco il mio segnore,
> 8   guardando in quella parte onde venia,
>   io vidi monna Vanna e monna Bice
>   venire inver lo loco là 'v'io era,
> 11   l'una appresso de l'altra maraviglia;[4]
>   e sì come la mente mi ridice,[5]
>   Amor mi disse: « Quell'è Primavera,
> 14   e quell'ha nome Amor, sì mi somiglia ».

Questo sonetto ha molte parti: la prima delle quali dice come io mi senti' svegliare lo tremore usato nel cuore, e come parve che Amore m'apparisse allegro nel mio cuore da lunga parte;[6] la seconda dice come me parea che

1 *Ego... Domini*: « Io sono la voce di uno che grida nel deserto: preparate la via del Signore » (Matteo, III, 13).
2 *sottilmente... chiamerebbe Amore*: volendo interpretare il senso *sottile* della narrazione, Beatrice incarna il concetto della nuova poesia amorosa.
3 *ridia*: rideva. « Amore ha qui lineamenti pagani; ride in ogni sua parola: somiglia all'Eros che in un'anacreontica vibra le sue frecce ridendo e saltando » (Rizzo).
4 *l'una appresso de l'altra maraviglia*: un miracolo, una meraviglia dopo l'altra.
5 *mi ridice*: traduce in versi quello che Amore gli suggerisce.
6 *da lunga parte*: da lontano.

Amore mi dicesse nel mio cuore, e quale mi parea; la terza dice come, poi che questi fue alquanto stato meco cotale, io vidi e udio certe cose. La seconda parte comincia quivi: *dicendo: Or pensa*; la terza quivi: *E poco stando*. La terza parte si divide in due: ne la prima dico quello che io vidi; ne la seconda dico quello che io udio. La seconda comincia quivi: *Amor mi disse*.

xxv. Potrebbe qui dubitare persona degna da dichiararle onne dubitazione, e dubitare potrebbe di ciò, che io dico d'Amore come se fosse una cosa per sé,[2] e non solamente sustanzia intelligente, ma sì come fosse sustanzia corporale: la quale cosa, secondo la veritate, è falsa; ché Amore non è per sé sì come sustanzia, ma è uno accidente in sustanzia.[3] E che io dica di lui come se fosse corpo ancora[4] sì come se fosse uomo, appare per tre cose che dico di lui. Dico che lo vidi venire; onde, con ciò sia cosa che[5] venire dica moto locale, e localmente mobile per sé, secondo lo Filosofo,[6] sia solamente corpo, appare che io ponga[7] Amore essere corpo. Dico anche di lui che ridea, e anche che parlava; le quali cose paiono essere proprie de l'uomo, e spezialmente essere risibile;[8] e però appare ch'io ponga lui essere uomo. A cotale cosa dichiarare, secondo che è buono a presente, prima è da intendere che anticamente non erano dicitori d'amore in lingua volgare, anzi erano dicitori d'amore certi poete[9] in lingua latina; tra noi dico, avvegna forse che tra altra gente addivenisse, e ad divegna ancora, sì come in Grecia, non volgari ma litterati poete queste cose trattavano. E non è molto numero d'anni passati, che appariro prima questi poete volgari

1 *cotale*: « in simile condizione di gioia » (Casini).

2 *per sé*: termine scolastico che vale press'a poco « autonomo ».

3 *accidente in sustanzia*: distinzione secondo la terminologia scolastico-aristotelica. Amore, cioè, non esiste per sé, ma in relazione a chi lo prova.

4 *ancora*: anzi.

5 *con ciò sia cosa che*: poiché.

6 *lo Filosofo*: Aristotele, secondo la comune definizione del tempo.

7 *ponga*: definisca.

8 *risibile*: capace di ridere.

9 *poete*: plurale alla latina: poeti.

ché dire per rima in volgare tanto è quanto dire per versi in latino, secondo alcuna proporzione. E segno che sia picciolo tempo, è che se volemo cercare in lingua d'oco[1] e in quella di sì, noi non troviamo cose dette anzi lo presente tempo per cento e cinquanta anni. E la cagione per che alquanti grossi[2] ebbero fama di sapere dire, è che quasi fuoro li primi che dissero in lingua di sì. E lo primo che cominciò a dire sì come poeta volgare, si mosse però che volle fare intendere le sue parole a donna, a la quale era malagevole d'intendere li versi latini. E questo è contra coloro che rimano sopra altra matera che amorosa, con ciò sia cosa che cotale modo di parlare fosse dal principio trovato per dire d'amore. Onde, con ciò sia cosa che a li poete sia conceduta maggiore licenza di parlare che a li prosaici dittatori,[3] e questi dicitori per rima non siano altro che poete volgari, degno e ragionevole è che a loro sia maggiore licenzia largita di parlare che a li altri parlatori volgari: onde, se alcuna figura o colore rettorico è conceduto a li poete, conceduto è a li rimatori. Dunque, se noi vedemo che li poete hanno parlato a le cose inanimate, sì come se avessero senso e ragione, e fattele parlare insieme; e non solamente cose vere, ma cose non vere, cioè che detto hanno, di cose le quali non sono, che parlano, e detto che molti accidenti parlano, sì come se fossero sustanzie e uomini; degno è lo dicitore per rima di fare lo somigliante, ma non sanza ragione alcuna, ma con ragione la quale poi sia possibile d'aprire per prosa.[4] Che li poete abbiano così parlato come detto è, appare per Virgilio;[5] lo quale dice che Iuno, cioè una dea nemica de li Troiani, parloe ad Eolo, segnore de li venti, quivi nel primo de lo Eneida: *Eole,[6] nanque tibi*, e che questo segnore le rispuose, quivi:

1 *d'oco*: d'*oc*, che significava « sì » in provenzale.
2 *alquanti grossi*: certi, alcuni grossolani, rozzi.
3 *prosaici dittatori*: autori di prosa d'arte (Contini).
4 *d'aprire per prosa*: spiegare attraverso un commento in prosa.
5 *per Virgilio*: attraverso Virgilio.
6 *Eole*...: « Il canone dei poeti citati corrisponde agli abitanti del ‹nobile castello› limbale, cioè, oltre Virgilio, Orazio (che qui include anche Omero), Ovidio e Lucano. Nel passo del i dell'*Eneide* (vv. 65, 76 sg.) Giunone persuade Eolo a sconvolgere coi venti il Tirreno dove navigano

Tuus, o regina, quid optes explorare labor; michi iussa capessere fas est. Per questo medesimo poeta parla la cosa che non è animata a le cose animate, nel terzo de lo Eneida, quivi: *Dardanide duri.* Per Lucano[1] parla la cosa animata a la cosa inanimata, quivi: *Multum, Roma, tamen debes civilibus armis.* Per Orazio[2] parla l'uomo a la scienzia medesima sì come ad altra persona; e non solamente sono parole d'Orazio, ma dicele quasi recitando lo modo del buono Omero, quivi ne la sua Poetria: *Dic michi, Musa, virum.* Per Ovidio parla Amore, sì come se fosse persona umana, ne lo principio de lo libro c'ha nome Libro di Remedio d'Amore, quivi: *Bella michi, video, bella parantur, ait.* E per questo puote essere manifesto a chi dubita in alcuna parte di questo mio libello. E acciò che non ne pigli alcuna baldanza persona grossa, dico che né li poete parlavano così sanza ragione, né quelli che rimano deono parlare così non avendo alcuno ragionamento in loro di quello che dicono; però che grande vergogna sarebbe a colui che rimasse cose sotto vesta di figura o di colore rettorico, e poscia, domandato, non sapesse denudare le sue parole da cotale vesta, in guisa che avessero verace intendimento. E questo mio primo amico[3] e io ne sapemo bene di quelli che così rimano stoltamente.

XXVI. Questa gentilissima donna, di cui ragionato è ne le precedenti parole, venne in tanta grazia de le genti, che quando passava per via, le persone correano per vedere lei; onde mirabile letizia me ne giungea. E quando ella fosse presso d'alcuno, tanta onestade giungea nel cuore di quello, che non ardia di levare li occhi, né di rispondere a lo suo saluto; e di questo molti, sì come esperti,[4] mi potrebbero testimoniare a chi non lo credesse. Ella coronata e

---

i Troiani: s'intende che per Dante, nel solco della tradizione aperta dal mitografo (del v secolo) Fabio Planciade Fulgenzio, le divinità pagane in genere e di Virgilio in particolare sono mere allegorie » (Contini).

1 *Lucano*: da *Pharsalia*, I, 44.

2 *Orazio*: l'inizio dell'*Odissea* citato nell'epistola *De arte poëtica* di Orazio (v. 141).

3 *primo amico*: il Cavalcanti.

4 *sì come esperti*: come persone che ne hanno avuto esperienza.

restita d'umilitade s'andava, nulla gloria mostrando di ciò ch'ella vedea e udia. Diceano molti, poi che passata era: « Questa non è femmina, anzi è uno de li bellissimi angeli del cielo ». E altri diceano: « Questa è una maraviglia; che benedetto sia lo Segnore, che sì mirabilemente sae adoperare! »[1] Io dico ch'ella si mostrava sì gentile e sì piena di tutti li piaceri, che quelli che la miravano comprendeano in loro[2] una dolcezza onesta e soave, tanto che ridicere non lo sapeano; né alcuno era lo quale potesse mirare lei, che nel principio nol convenisse sospirare.[3] Queste e più mirabili cose da lei procedeano virtuosamente:[4] onde io pensando a ciò, volendo ripigliare lo stilo de la sua loda, propuosi[5] di dicere parole, ne le quali io dessi ad intendere de le sue mirabili ed eccellenti operazioni;[6] acciò che non pur coloro che la poteano sensibilemente vedere, ma li altri sappiano di lei quello che le parole ne possono fare intendere. Allora dissi questo sonetto, lo quale comincia: *Tanto gentile.*

Tanto gentile e tanto onesta pare[7]
    la donna mia quand'ella altrui saluta,[8]
    ch'ogne lingua deven tremando muta,
4   e li occhi no l'ardiscon di guardare.
    Ella si va, sentendosi laudare,
    benignamente d'umiltà vestuta;[9]
    e par che sia una cosa venuta
8   da cielo in terra a miracol mostrare.
    Mostrasi sì piacente a chi la mira,

1 *adoperare*: operare.
2 *comprendeano in loro*: sentivano in sé.
3 *nol convenisse sospirare:* potesse evitare di sospirare.
4 *virtuosamente*: « per effetto della sua virtù » (Casini); « ovvero della virtù o potenza di lei » (Scherillo).
5 *propuosi*: mi proposi.
6 *operazioni*: effetti della sua virtù.   7 *pare*: appare.
8 *saluta*: « Il testo, apparentemente limpidissimo, va però ripristinato nella sua interpretazione tecnica (‹Colei che è mia signora dà, quando saluta, sensibile evidenza di tale nobiltà spirituale e alto decoro›) » (Contini).
9 *d'umiltà vestuta*: con atteggiamento, portamento benevolo.

che dà per li occhi una dolcezza al core,
11   che 'ntender no la può chi no la prova:[1]
     e par che de la sua labbia[2] si mova
     un spirito soave pien d'amore,
14   che va dicendo a l'anima: Sospira.

Questo sonetto è sì piano[3] ad intendere, per quello che
narrato è dinanzi, che non abbisogna d'alcuna divisione; e
però lassando lui, [XXVII] dico che questa mia donna venne
in tanta grazia, che non solamente ella era onorata e lau-
data, ma per lei erano onorate e laudate molte. Ond'io,
veggendo ciò e volendo manifestare a chi ciò non vedea,
propuosi anche di dire parole, ne le quali ciò fosse significato; e dissi allora questo altro sonetto, che comincia:
Vede perfettamente onne salute, lo quale narra di lei come la
sua vertude adoperava ne l'altre, sì come appare ne la sua
divisione.

     Vede perfettamente onne salute
     chi la mia donna tra le donne vede;
     quelle che vanno con lei son tenute
4   di bella grazia a Dio render merzede.[4]
     E sua bieltate è di tanta vertute,
     che nulla invidia a l'altre ne procede,
     anzi le face andar seco[5] vestute
8   di gentilezza, d'amore e di fede.
     La vista sua fa onne cosa umile;
     e non fa sola sé parer piacente,
11   ma ciascuna per lei riceve onore.
     Ed è ne li atti suoi tanto gentile,
     che nessun la si può recare a mente,[6]
14   che non sospiri in dolcezza d'amore.

Questo sonetto ha tre parti: ne la prima dico tra che

---

1 *chi no la prova*: è affermazione di ineffabilità di questa esperienza.
2 *labbia*: viso. 3 *piano*: facile.
4 *di bella grazia a Dio render merzede*: ringraziare Dio di un così grande
favore.
5 *seco*: con lei.
6 *recare a mente*: rammentare.

gente questa donna più mirabile parea; ne la seconda dico sì come era graziosa la sua compagnia; ne la terza dico di quelle cose che vertuosamente operava in altrui. La seconda parte comincia quivi: *quelle che vanno*; la terza quivi: *E sua bieltate.* Questa ultima parte si divide in tre: ne la prima dico quello che operava ne le donne, cioè per loro medesime; ne la seconda dico quello che operava in loro per altrui;[1] ne la terza dico come non solamente ne le donne, ma in tutte le persone, e non solamente ne la sua presenzia, ma ricordandosi di lei, mirabilemente operava. La seconda comincia quivi: *La vista sua*; la terza quivi: *Ed è ne li atti.*

XXVII [XXVIII]. Appresso ciò, cominciai a pensare uno giorno[2] sopra quello che detto avea de la mia donna, cioè in questi due sonetti precedenti; e veggendo nel mio pensero che io non avea detto di quello che al presente tempo adoperava in me, pareami defettivamente avere parlato. E però propuosi di dire parole, ne le quali io dicesse come me parea essere disposto a la sua operazione, e come operava in me la sua vertude; e non credendo potere ciò narrare in brevitade di sonetto, cominciai allora una canzone, la quale comincia: *Sì lungiamente.*

> Sì lungiamente[3] m'ha tenuto Amore
> e costumato[4] a la sua segnoria,
> che sì com'elli m'era forte in pria,
> così mi sta soave ora nel core.
> 5 Però[5] quando mi tolle[6] sì 'l valore,
> che li spiriti par che fuggan via,
> allor sente la frale anima mia

1 *per altrui*: negli animi di chi le contemplava.

2 *uno giorno*: viene indicato il momento di passaggio « dalla lode estatica al compianto amoroso » (Russo), come appare nella poesia seguente, interrotta alla prima strofa.

3 *lungiamente*: lungamente. « S'inizia un momento nuovo della poesia di Dante... è la via ripresa da Cino da Pistoia » (Sapegno).

4 *costumato*: abituato.

5 *Però*: perciò.

6 *tolle*: toglie.

tanta dolcezza, che 'l viso ne smore,[1]
poi[2] prende Amore in me tanta vertute,[3]

10   che fa li miei spiriti gir parlando,
ed escon for chiamando
la donna mia, per darmi più salute.
Questo m'avvene ovunque ella mi vede,
e sì è cosa umil, che nol si crede.

XXVIII [XXIX]. *Quomodo sedet sola civitas plena populo! facta est quasi vidua domina gentium.*[4] Io era nel proponimento ancora di questa canzone,[5] e compiuta n'avea questa soprascritta stanzia, quando lo segnore de la giustizia chiamoe questa gentilissima a gloriare[6] sotto la insegna di quella regina benedetta virgo Maria, lo cui nome fue in grandissima reverenzia ne le parole di questa Beatrice beata. E avvegna che forse piacerebbe a presente trattare alquanto de la sua partita da noi, non è lo mio intendimento di trattarne qui per tre ragioni: la prima è che ciò non è del presente proposito,[7] se volemo guardare nel proemio che precede questo libello; la seconda si è che, posto che fosse del presente proposito, ancora non sarebbe sufficiente la mia lingua a trattare come si converrebbe di ciò; la terza si è che,

1 *smore*: scolora, impallidisce.

2 *poi*: poiché.   3 *vertute*: potere.

4 *Quomodo... gentium*: « Come siede desolata la popolosa città! È divenuta quasi una vedova la signora delle genti » (Geremia, *Lamentazioni*, I, 1). Osserva Sapegno che questo attacco dà un tono « liturgico » a questa parte del racconto in cui si parla della morte di Beatrice.

5 *questa canzone*: la precedente, interrotta.

6 *gloriare*: « fruire dell'eterna gloria » (Contini).

7 *non è del presente proposito*: il motivo per cui la morte di Beatrice non interessa qui, non è del tutto chiaro. I commentatori hanno avanzato varie ipotesi. « Ma la ragione che pare essenziale è questa: Dante non era destinato a cessare d'amare Beatrice per causa della morte corporale; la storia del suo amore, cioè la rubrica che dice *Incipit Vita Nova*, continuava, e il racconto pure; perciò era fuor di proposito attardarsi su un incidente terreno che, per quanto gravissimo, non modificava il corso di quella vita nuova non soggetta alla morte fisica... Così la parte del racconto che concerne la morte di Beatrice si viene ordinando in tre momenti: uno di tipo intellettualistico-filosofico (capitoli XXVIII-XXIX); uno passionale e creativo (*Li occhi dolenti*); uno di delicatezza malinconica, che si orienta alla trasfigurazione (episodi del fratello e del disegnare) » (Chiappelli).

posto che fosse l'uno e l'altro, non è convenevole a me trattare di ciò, per quello che, trattando, converrebbe essere me laudatore di me medesimo, la quale cosa è al postutto biasimevole a chi lo fae; e però lascio cotale trattato ad altro chiosatore.[1] Tuttavia, però che molte volte lo numero del nove[2] ha preso luogo tra le parole dinanzi, onde pare che sia non sanza ragione, e ne la sua partita cotale numero pare che avesse molto luogo, convenesi di dire quindi alcuna cosa, acciò che pare al proposito convenirsi. Onde prima dicerò come ebbe luogo ne la sua partita, e poi n'assegnerò alcuna ragione, per che questo numero fue a lei cotanto amico.

XXIX [XXX]. Io dico che, secondo l'usanza d'Arabia,[3] l'anima sua nobilissima si partio ne la prima ora del nono giorno del mese; e secondo l'usanza di Siria, ella si partio nel nono mese de l'anno, però che lo primo mese è ivi Tisirin primo, lo quale a noi è Ottobre; e secondo l'usanza nostra, ella si partio in quello anno de la nostra indizione, cioè de li anni Domini, in cui lo perfetto numero nove volte era compiuto in quello centinaio nel quale in questo mondo ella fue posta, ed ella fue de li cristiani del terzodecimo centinaio.[4] Perché questo numero fosse in tanto amico di lei, questa potrebbe essere una ragione: con ciò sia cosa che, secondo Tolomeo e secondo la cristiana veritade, nove siano li cieli che si muovono, e secondo comune oppinione astrologa,[5] li detti cieli adoperino qua giuso secondo la loro abitudine insieme,[6] questo numero

1 *altro chiosatore*: secondo alcuni Dante alluderebbe qui ad una canzone scritta da Cino da Pistoia in morte di Beatrice.
2 *lo numero del nove*: come si è osservato più volte, a questo numero si legano sia la figura di Beatrice che le vicende raccontate nella *Vita Nuova*.
3 *l'usanza d'Arabia*: dove il calcolo delle ore cominciava dal tramonto. Sicché Beatrice sarebbe morta poco dopo il tramonto dell'8 giugno, dato che, secondo l'uso siriano, i mesi dell'anno si contano da ottobre.
4 *terzodecimo centinaio*: se il « perfetto numero » è il 10 (come somma dei primi quattro numeri), si tratta del 1290.
5 *astrologa*: astronomica.
6 *abitudine insieme*: « Influiscano contemporaneamente sulla terra a norma della loro disposizione » (Contini).

fue amico di lei per dare ad intendere che ne la sua generazione tutti e nove li mobili cieli perfettissimamente s'aveano insieme.[1] Questa è una ragione di ciò; ma più sottilmente pensando, e secondo la infallibile veritade, questo numero fue ella medesima; per similitudine dico, e ciò intendo così. Lo numero del tre è la radice del nove, però che, sanza numero altro alcuno, per se medesimo fa nove, sì come vedemo manifestamente che tre via tre fa nove. Dunque se lo tre è fattore per se medesimo del nove, e lo fattore per se medesimo de li miracoli è tre, cioè Padre e Figlio e Spirito Santo, li quali sono tre e uno, questa donna fue accompagnata da questo numero del nove a dare ad intendere ch'ella era uno nove, cioè uno miracolo,[2] la cui radice, cioè del miracolo, è solamente la mirabile Trinitade. Forse ancora per più sottile persona si vederebbe in ciò più sottile ragione; ma questa è quella ch'io ne veggio, e che più mi piace.

XXX [XXXI]. Poi che fue partita da questo secolo, rimase tutta la sopradetta cittade quasi vedova dispogliata da ogni dignitade; onde io, ancora lagrimando in questa desolata cittade, scrissi a li principi de la terra[3] alquanto de la sua condizione,[4] pigliando quello cominciamento di Geremia profeta che dice: *Quomodo sedet sola civitas*. E questo dico, acciò che altri non si maravigli perché io l'abbia allegato di sopra, quasi come entrata de la nuova materia che appresso vene. E se alcuno volesse me riprendere di ciò, ch'io non scrivo qui le parole[5] che seguitano a quelle allegate, escusomene, però che lo intendimento mio non fue dal principio di scrivere altro che per volgare; onde, con ciò sia cosa che le parole che seguitano a quelle che sono allegate, siano tutte latine, sarebbe fuori del mio intendimento se le scrivessi. E simile intenzione so ch'ebbe

1 *s'aveano insieme*: « erano in disposizione concomitante » (Contini).
2 *ella era uno nove, cioè uno miracolo*: in quanto pietra di paragone di ogni bellezza, Beatrice è una perfetta armonia numerica.
3 *a li principi de la terra*: « ai principali personaggi della città »; ma la solennità dell'espressione farebbe pensare a destinatari più illustri.
4 *sua condizione*: della città.   5 *le parole*: il contenuto dell'epistola.

questo mio primo amico a cui io ciò scrivo,[1] cioè ch'io li scrivessi solamente volgare.

XXXI [XXXII]. Poi che li miei occhi ebbero per alquanto tempo lagrimato, e tanto affaticati erano che non poteano disfogare la mia tristizia, pensai di volere disfogarla con alquante parole dolorose; e però propuosi di fare una canzone, ne la quale piangendo ragionassi di lei per cui tanto dolore era fatto distruggitore de l'anima mia; e cominciai allora una canzone, la qual comincia: *Li occhi dolenti per pietà del core*. E acciò che questa canzone paia rimanere più vedova dopo lo suo fine, la dividerò prima[2] che io la scriva; e cotale modo terrò da qui innanzi.

Io dico che questa cattivella[3] canzone ha tre parti: la prima è proemio; ne la seconda ragiono di lei; ne la terza parlo a la canzone pietosamente. La seconda parte comincia quivi: *Ita n'è Beatrice*; la terza quivi: *Pietosa mia canzone*. La prima parte si divide in tre: ne la prima dico perché io mi muovo a dire; ne la seconda dico a cui io voglio dire; ne la terza dico di cui io voglio dire. La seconda comincia quivi: *E perché me ricorda*; la terza quivi: *e dicerò*. Poscia quando dico: *Ita n'è Beatrice*, ragiono di lei; e intorno a ciò foe[4] due parti: prima dico la cagione per che tolta ne fue; appresso dico come altri si piange de la sua partita, e comincia questa parte quivi: *Partissi de la sua*. Questa parte si divide in tre: ne la prima dico chi non la piange; ne la seconda dico chi la piange; ne la terza dico de la mia condizione. La seconda comincia quivi: *ma ven tristizia e voglia*; la terza quivi: *Dannomi angoscia*. Poscia quando dico: *Pietosa mia canzone*, parlo a questa canzone,

1 *a cui io ciò scrivo*: a Guido Cavalcanti, il suo amico più vicino e primo destinatario di questi ragionamenti.

2 *la dividerò prima*: il commento in prosa d'ora in poi precederà le poesie. « La mutata disposizione indica un nuovo procedimento stilistico in consonanza con la nuova *materia*. All'arco che s'eleva dalla prosa nel giro ascendente del canto per riposarsi discendendo di nuovo nella prosa, fa luogo ora un moto di innalzamento che si arresta librato in alto, al compimento dell'ispirazione » (Russo).

3 *cattivella*: addolorata.

4 *foe*: fo, faccio.

disignandole a quali donne se ne vada, e steasi con loro.

Li occhi dolenti per pietà del core
    hanno di lagrimar sofferta pena,
    sì che per vinti son remasi omai.[1]
    Ora, s'i' voglio sfogar lo dolore,
5   che a poco a poco a la morte mi mena,
    convenemi parlar traendo guai.
    E perché me ricorda ch'io parlai
    de la mia donna, mentre che vivia,
    donne gentili, volentier con vui,
10   non voi[2] parlare altrui,
    se non a cor gentil che in donna sia;
    e dicerò di lei piangendo, pui
    che si n'è gita in ciel subitamente,
    e ha lasciato Amor meco dolente.
15 Ita n'è Beatrice in l'alto cielo,
    nel reame ove li angeli hanno pace,
    e sta con loro, e voi, donne, ha lassate:
    no la ci tolse qualità di gelo
    né di calore,[3] come l'altre face,
20   ma solo fue sua gran benignitate;
    ché luce de la sua umilitate
    passò li cieli con tanta vertute,
    che fé maravigliar l'etterno sire,
    sì che dolce disire
25   lo giunse[4] di chiamar tanta salute;
    e fella di qua giù a sé venire,
    perché vedea ch'esta vita noiosa[5]
    non era degna di sì gentil cosa.
    Partissi de la sua bella persona[6]
30   piena di grazia l'anima gentile,
    ed èssi[7] gloriosa in loco degno.

---

1 *per vinti son remasi omai*: si danno per vinti, non ce la fanno più.
2 *non voi*: non voglio.
3 *qualità di gelo né di calore*: una malattia del corpo.
4 *lo giunse*: lo prese, lo colse.
5 *vita noiosa*: « mondo terreno basso e vile » (Sapegno).
6 *bella persona*: bel corpo.   7 *èssi*: se ne sta.

Chi no la piange, quando ne ragiona,
core ha di pietra sì malvagio e vile,
ch'entrar no i puote spirito benegno.
35 Non è di cor villan sì alto ingegno,
che possa imaginar di lei alquanto,
e però no li ven di pianger doglia:[1]
ma ven tristizia e voglia
di sospirare e di morir di pianto,
40 e d'onne consolar l'anima spoglia
chi vede nel pensero alcuna volta
quale ella fue, e com'ella n'è tolta.
Dannomi angoscia li sospiri forte,[2]
quando 'l pensero ne la mente grave
45 mi reca quella che m'ha 'l cor diviso:[3]
e spesse fiate pensando a la morte,
venemene un disio tanto soave,
che mi tramuta lo color nel viso.
E quando 'l maginar mi ven ben fiso,
50 giugnemi tanta pena d'ogne parte,
ch'io mi riscuoto[4] per dolor ch'i' sento;
e sì fatto divento,
che da le genti vergogna mi parte.[5]
Poscia piangendo, sol nel mio lamento
55 chiamo Beatrice, e dico: « Or se' tu morta? »;
e mentre ch'io la chiamo, me conforta.
Pianger di doglia e sospirar d'angoscia
mi strugge 'l core ovunque sol mi trovo,
sì che ne 'ncrescerebbe a chi m'audesse:[6]
60 e quale è stata la mia vita, poscia
che la mia donna andò nel secol novo,
lingua non è che dicer lo sapesse:
e però, donne mie, pur ch'io volesse,

1 *Non è di cor villan... doglia*: un cuore villano, non avendo ingegno in
grado di comprendere la divinità di Beatrice, non prova dolore e desiderio
di piangerla.
2 *forte*: riferito ad *angoscia*.
3 *quella che m'ha 'l cor diviso*: la morte.
4 *mi riscuoto*: ho un trasalimento.   5 *mi parte*: mi allontana.
6 *m'audesse*: mi udisse.

non vi saprei io dir ben quel ch'io sono,
65   sì mi fa travagliar l'acerba vita;
la quale è sì 'nvilita,
che ogn'om par che mi dica: « Io t'abbandono »,
veggendo la mia labbia[1] tramortita.
Ma qual ch'io sia la mia donna il si vede,
70   e io ne spero ancor da lei merzede.
Pietosa mia canzone, or va piangendo;
e ritruova le donne e le donzelle
a cui le tue sorelle
erano usate[2] di portar letizia;
75   e tu, che se' figliuola di tristizia,
vatten disconsolata a star con elle.

XXXII [XXXIII]. Poi che detta fue questa canzone, sì venne a me uno, lo quale,[3] secondo li gradi de l'amistade, è amico a me immediatamente dopo lo primo; e questi fue tanto distretto di sanguinitade con questa gloriosa, che nullo più presso l'era. E poi che fue meco a ragionare, mi pregoe ch'io li dovessi dire alcuna cosa[4] per una donna che s'era morta; e simulava sue parole, acciò che paresse che dicesse d'un'altra, la quale morta era certamente: onde io, accorgendomi che questi dicea solamente per questa benedetta,[5] sì li dissi di fare ciò che mi domandava lo suo prego.[6] Onde poi, pensando a ciò, propuosi di fare uno sonetto, nel quale mi lamentasse alquanto,[7] e di darlo a questo mio amico, acciò che paresse che per lui l'avessi fatto; e dissi allora questo sonetto, che comincia: *Venite a intender li sospiri miei.* Lo quale ha due parti: ne la prima chiamo li fedeli d'Amore che m'intendano; ne la seconda narro de la mia misera condizione. La seconda comincia quivi: *li quai disconsolati.*

1 *labbia*: viso, aspetto.   2 *erano usate*: erano solite.
3 *uno, lo quale*: probabilmente si tratta di uno dei cinque fratelli di Beatrice, forse Manetto Portinari.
4 *dire alcuna cosa*: che scrivessi per lui una poesia.
5 *questa benedetta*: Beatrice.
6 *prego*: preghiera, richiesta.
7 *alquanto*: non interamente, non come per un reale e sincero dolore.

Venite a intender li sospiri miei,
oi cor gentili, ché pietà 'l disia:
li quai disconsolati vanno via,
4   e s'e' non fosser, di dolor morrei;
però che gli occhi mi sarebber rei,[1]
molte fiate più ch'io non vorria,
lasso!, di pianger sì la donna mia,
8   che sfogasser lo cor, piangendo lei.
Voi udirete lo chiamar sovente
la mia donna gentil, che si n'è gita
11   al secol degno[2] de la sua vertute;
e dispregiar talora questa vita
in persona de[3] l'anima dolente
14   abbandonata de la sua salute.

XXXIII [XXXIV]. Poi che detto ei questo sonetto, pensandomi chi questi era[4] a cui lo intendea dare quasi come per lui fatto, vidi che povero mi parea lo servigio e nudo a così distretta persona[5] di questa gloriosa. E però anzi ch'io li dessi questo soprascritto sonetto, sì dissi due stanzie d'una canzone, l'una per costui veracemente, e l'altra per me, avvegna che paia l'una e l'altra per una persona detta, a chi non guarda sottilmente; ma chi sottilmente le mira vede bene che diverse persone parlano, acciò che l'una non chiama sua donna costei, e l'altra sì, come appare manifestamente. Questa canzone e questo soprascritto sonetto li diedi, dicendo io lui che per lui solo fatto l'avea.

La canzone comincia: *Quantunque volte*, e ha due parti: ne l'una, cioè ne la prima stanzia, si lamenta questo mio caro e distretto a lei; ne la seconda mi lamento io, cioè ne l'altra stanzia, che comincia: *E' si raccoglie ne li miei*. E così appare che in questa canzone si lamentano due persone, l'una de le quali si lamenta come frate,[6] l'altra come servo.

1 *rei*: debitori che non pagano: gli occhi non mi farebbero sfogare.
2 *secol degno*: in cielo. 3 *in persona de*: nel nome di.
4 *pensandomi chi questi era*: tenuto conto della persona a cui...
5 *nudo a così distretta persona*: povero, disadorno rispetto a una persona di così stretta parentela.
6 *frate*: fratello.

61

Quantunque volte,[1] lasso!, mi rimembra
   ch'io non debbo già mai
   veder la donna ond'io vo sì dolente,
   tanto dolore intorno 'l cor m'assembra[2]
5   la dolorosa mente,[3]
   ch'io dico: « Anima mia, ché non ten vai?
   ché li tormenti che tu porterai
   nel secol,[4] che t'è già tanto noioso,
   mi fan pensoso di paura forte ».
10   Ond'io chiamo la Morte,
   come soave e dolce mio riposo;
   e dico « Vieni a me » con tanto amore,
   che sono astioso[5] di chiunque more.
   E' si raccoglie ne li miei sospiri
15   un sono di pietate,
   che va chiamando Morte tuttavia:[6]
   a lei[7] si volser tutti i miei disiri,
   quando la donna mia
   fu giunta da la sua crudelitate;
20   perché 'l piacere de la sua bieltate,
   partendo sé da la nostra veduta,
   divenne spirital bellezza grande,
   che per lo cielo spande
   luce d'amor, che li angeli saluta,
25   e lo intelletto loro alto, sottile
   face maravigliar, sì v'è gentile.

XXXIV [XXXV]. In quello giorno nel quale[8] si compiea
l'anno che questa donna era fatta de li cittadini di vita
eterna,[9] io mi sedea in parte ne la quale, ricordandomi di

---

1 *Quantunque volte*: ogni volta che. 2 *m'assembra*: accoglie.
3 *dolorosa mente*: ricordo doloroso.
4 *nel secol*: in questa tua vita.
5 *astioso*: invidioso.
6 *tuttavia*: continuamente: continua a invocare la morte.
7 *a lei*: alla morte.
8 *In quello giorno nel quale*: è il primo anniversario della morte di Beatrice.
9 *era fatta... vita eterna*: era salita al cielo fra i beati.

lei, disegnava uno angelo[1] sopra certe tavolette; e mentre io lo disegnava, volsi li occhi, e vidi lungo me uomini a li quali si convenia di fare onore.[2] E' riguardavano[3] quello che io facea; e secondo che me fu detto poi, elli erano stati già alquanto anzi che io me ne accorgesse. Quando li vidi, mi levai, e salutando loro dissi: « Altri era testé meco,[4] però[5] pensava ». Onde partiti costoro, ritornaimi a la mia opera, cioè del disegnare figure d'angeli: e faccendo ciò, mi venne uno pensero di dire parole, quasi per annovale,[6] e scrivere a costoro li quali erano venuti a me; e dissi allora questo sonetto, lo quale comincia: *Era venuta*; lo quale ha due cominciamenti, e però lo dividerò secondo l'uno e secondo l'altro.

Dico che secondo lo primo questo sonetto ha tre parti: ne la prima dico che questa donna era già ne la mia memoria; ne la seconda dico quello che Amore però mi facea; ne la terza dico de gli effetti d'Amore. La seconda comincia quivi: *Amor, che*; la terza quivi: *Piangendo uscivan for.* Questa parte si divide in due: ne l'una dico che tutti li miei sospiri uscivano parlando; ne la seconda dico che alquanti diceano certe parole diverse da gli altri. La seconda comincia quivi: *Ma quei.* Per questo medesimo modo si divide secondo l'altro cominciamento, salvo che ne la prima parte dico quando questa donna era così venuta ne la mia memoria, e ciò non dico ne l'altro.

---

1 *disegnava uno angelo*: « è questo il solo accenno esplicito che Dante abbia fatto nelle sue opere intorno al suo esercitarsi nelle arti del disegno » (Casini). L'umanista Leonardo Bruni narra che Dante « di sua mano egregiamente disegnava ».
2 *a li quali si convenia di fare onore*: degni di rispetto.
3 *riguardavano*: guardavano con attenzione.
4 *Altri era testé meco*: l'immagine di Beatrice.
5 *però*: perciò.
6 *annovale*: anniversario.

Primo cominciamento

Era venuta ne la mente mia
la gentil donna che per suo valore[1]
fu posta da l'altissimo signore
4   nel ciel de l'umiltate,[2] ov'è Maria.

Secondo cominciamento

Era venuta ne la mente mia
quella donna gentil cui[3] piange Amore,
entro 'n quel punto[4] che lo suo valore
4   vi[5] trasse a riguardar quel ch'eo facia.
Amor, che ne la mente la sentia,
s'era svegliato nel destrutto core,
e diceva a' sospiri: « Andate fore »;
8   per che ciascun dolente si partia.
Piangendo uscivan for de lo mio petto
con una voce[6] che sovente mena
11   le lagrime dogliose a li occhi tristi.
Ma quei[7] che n'uscian for con maggior pena,
venian dicendo: « Oi nobile intelletto,[8]
14   oggi fa l'anno che nel ciel salisti ».

XXXV [XXXVI]. Poi per alquanto tempo, con ciò fosse cosa che io fosse in parte ne la quale mi ricordava del passato tempo, molto stava pensoso, e con dolorosi pensamenti, tanto che mi faceano parere de fore una vista di terribile sbigottimento. Onde io, accorgendomi del mio travagliare, levai li occhi per vedere se altri mi vedesse. Allora vidi una gentile donna giovane e bella molto, la quale da una fi-

---

1 *valore*: come « vertude » e « benignitade ».
2 *ciel de l'umiltate*: della perfetta tranquillità: l'Empireo.
3 *cui*: per la cui morte.
4 *entro 'n quel punto*: proprio in quel momento.
5 *vi*: si rivolge agli uomini degni di rispetto di cui ha detto nella prosa precedente.
6 *voce*: il nome di Beatrice.   7 *quei*: i sospiri.
8 *nobile intelletto*: l'anima di Beatrice.

estra mi riguardava sì pietosamente, quanto a la vista,
ne tutta la pietà parea in lei accolta. Onde, con ciò sia
osa che quando li miseri veggiono di loro compassione
.trui,[1] più tosto si muovono a lagrimare, quasi come di se
essi avendo pietade, io senti' allora cominciare li miei
cchi a volere piangere; e però, temendo di non[2] mostrare
. mia vile vita,[3] mi partio dinanzi da li occhi di questa
entile; e dicea poi fra me medesimo: « E' non puote essere
ne con quella pietosa donna non sia nobilissimo amore ».
però propuosi di dire uno sonetto, ne lo quale io parlasse
lei, e conchiudesse in esso tutto ciò che narrato è in
uesta ragione.[4] E però che per questa ragione è assai
anifesto, sì nollo dividerò. Lo sonetto comincia: *Videro li
chi miei*.

> Videro li occhi miei quanta pietate
>   era apparita in la vostra figura,[5]
>   quando guardaste li atti e la statura[6]
> *4* ch'io faccio per dolor molte fiate.
>   Allor m'accorsi che voi pensavate
>   la qualità de la mia vita oscura,[7]
>   sì che mi giunse ne lo cor paura
> *8* di dimostrar con li occhi mia viltate.
>   E tolsimi dinanzi a voi, sentendo
>   che si movean le lagrime dal core,
> *1* ch'era sommosso[8] da la vostra vista.
>   Io dicea poscia ne l'anima trista:
>   « Ben è con quella donna quello Amore[9]
> *4* lo qual mi face andar così piangendo ».

XXXVI [XXXVII]. Avvenne poi che là ovunque questa
onna mi vedea, sì si facea d'una vista pietosa e d'un

1 *altrui*: ad altri, in altri.
2 *temendo di non*: temendo di (costruzione latineggiante).
3 *vile vita*: abbattimento, prostrazione.
4 *ragione*: « esposizione tematica », dal provenzale *razo* (Contini).
5 *figura*: volto.   6 *statura*: atteggiamento.
7 *oscura*: dolorosa, tetra.   8 *sommosso*: agitato, sconvolto.
9 *quello Amore*: l'amore per Beatrice.

colore palido quasi come d'amore; onde molte fiate m
ricordava de la mia nobilissima donna, che di simile colo
si mostrava tuttavia.[1] E certo molte volte non potendo l
grimare né disfogare la mia tristizia, io andava per vede
questa pietosa donna, la quale parea che tirasse le lagrin
fuori de li miei occhi per la sua vista. E però mi ven
volontade di dire anche parole,[2] parlando a lei, e dis
questo sonetto, lo quale comincia: *Color d'amore*; ed è pian
sanza dividerlo, per la sua precedente ragione.

Color d'amore e di pietà sembianti
    non preser mai così mirabilmente
    viso di donna, per veder[4] sovente
4   occhi gentili o dolorosi pianti,
    come lo vostro, qualora[5] davanti
    vedetevi la mia labbia dolente;
    sì che per voi[6] mi ven cosa a la mente,
8   ch'io temo forte non lo cor si schianti.
Eo non posso tener[7] li occhi distrutti[8]
    che non reguardin voi spesse fiate,
11   per desiderio di pianger ch'elli hanno:
    e voi crescete sì lor volontate,
    che de la voglia si consuman tutti;
14   ma lagrimar[9] dinanzi a voi non sanno.

XXXVII [XXXVIII]. Io venni a tanto[10] per la vista di ques
donna, che li miei occhi si cominciaro a dilettare troppo
vederla; onde molte volte me ne crucciava nel mio cuo
ed aveamene per vile[11] assai. Onde più volte bestemmi

1 *tuttavia*: sempre.
2 *dire anche parole*: scrivere altri versi.
3 *piano*: semplice, comprensibile.
4 *per veder*: nel vedere.
5 *qualora*: quando.
6 *per voi*: vedendo voi.
7 *tener*: trattenere. 8 *distrutti*: dal pianto.
9 *ma lagrimar*: « L'artificio diviene evidente nelle terzine, in quel gio
degli occhi che vorrebbero e non possono piangere » (Sapegno).
10 *venni a tanto*: giunsi a tal punto.
11 *aveamene per vile*: mi consideravo colpevole.

¹ la vanitade de li occhi² miei, e dicea loro nel mio
〉nsero: « Or voi solavate fare piangere chi vedea la vostra
〉lorosa condizione, e ora pare che vogliate dimenticarlo
〉r questa donna che vi mira; che non mira voi, se non in
〉anto le pesa de la gloriosa donna di cui piangere solete;
〉a quanto potete fate, ché io la vi pur rimembrerò³ molto
〉esso, maladetti occhi, ché mai, se non dopo la morte, non
〉vrebbero le vostre lagrime avere restate ».⁴ E quando
〉sì avea detto fra me medesimo a li miei occhi, e li sospiri
〉'assalivano grandissimi e angosciosi. E acciò che questa
〉ttaglia che io avea meco non rimanesse saputa pur dal
〉isero che la sentia, propuosi di fare un sonetto, e di
〉mprendere in ello questa orribile condizione. E dissi
〉esto sonetto, lo quale comincia: *L'amaro lagrimar*. Ed hae
〉e parti: ne la prima parlo a li occhi miei sì come parlava
〉 mio cuore in me medesimo; ne la seconda rimuovo al-
〉na dubitazione,⁵ manifestando chi è che così parla; e
〉mincia questa parte quivi: *Così dice*. Potrebbe bene an-
〉ra ricevere più divisioni, ma sariano indarno, però che è
〉anifesto per la precedente ragione.

> « L'amaro lagrimar che voi faceste,
>   oi occhi miei, così lunga stagione,
>   facea lagrimar l'altre persone
>   de la pietate,⁶ come voi vedeste.
> Ora mi par che voi l'obliereste,
>   s'io fosse dal mio lato sì fellone,⁷
>   ch'i' non ven disturbasse⁸ ogne cagione,
>   membrandovi colei cui voi piangeste.
> La vostra vanità mi fa pensare,
>   e spaventami sì, ch'io temo forte

1 *bestemmiava*: maledicevo.
2 *vanitade de li occhi*: leggerezza d'animo che si manifesta nel desiderio
〉gli occhi.
3 *la vi pur rimembrerò*: ve la farò comunque ricordare.
4 *avere restate*: essere cessate.
5 *rimuovo alcuna dubitazione*: allontano un possibile dubbio.
6 *de la pietate*: per la compassione.
7 *fellone*: traditore.   8 *disturbasse*: allontanassi.

11   del viso d'una donna[1] che vi mira.
            Voi non dovreste mai, se non per morte,
            la vostra donna, ch'è morta, obliare ».
14   Così dice 'l meo core, e poi sospira.

XXXVIII [XXXIX]. Ricovrai[2] la vista di quella donna in
nuova condizione, che molte volte ne pensava sì come
persona che troppo mi piacesse; e pensava di lei co
« Questa è una donna gentile, bella, giovane e savia,
apparita forse per volontade d'Amore, acciò che la m
vita si riposi ». E molte volte pensava più amorosamen
tanto che lo cuore consentiva in lui, cioè nel suo ragiona
E quando io avea consentito ciò, e io mi ripensava sì co
da la ragione mosso, e dicea fra me medesimo: « Deo, c
pensero è questo, che in così vile modo vuole consolare
e non mi lascia quasi altro pensare? » Poi si rilevava
altro pensero, e diceame: « Or tu se' stato in tanta trib
lazione, perché non vuoli tu ritrarre te da tanta amarit
dine? Tu vedi che questo è uno spiramento[3] d'Amore, c
ne reca li disiri d'amore dinanzi, ed è mosso da così gen
parte com'è quella de li occhi de la donna che tanto p
tosa ci s'hae mostrata ». Onde io, avendo così più vol
combattuto in me medesimo, ancora ne volli dire alquan
parole; e però che la battaglia de' pensieri vinceano colo
che per lei parlavano, mi parve che si convenisse di parla
a lei; e dissi questo sonetto, lo quale comincia: *Gentil pe
sero*; e dico « gentile » in quanto ragionava di gent
donna, ché per altro era vilissimo.

In questo sonetto fo due parti di me, secondo che li m
pensieri erano divisi. L'una parte chiamo cuore, cioè l'a
petito; l'altra chiamo anima, cioè la ragione; e dico co
l'uno dice con l'altro. E che degno sia di chiamare l'a
petito cuore, e la ragione anima, assai è manifesto a colo
a cui mi piace[4] che ciò sia aperto. Vero è che nel prec
dente sonetto io fo la parte del cuore contra quella de

1 *del viso d'una donna*: per i sentimenti provocati dal volto di una don
2 *Ricovrai*: accolsi, misi dentro di me.   3 *spiramento*: ispirazione.
4 *a coloro a cui mi piace...*: ai poeti.

chi, e ciò pare contrario di quello che io dico nel pre-
nte; e però dico che ivi lo cuore anche intendo per lo
petito, però che maggiore desiderio era lo mio ancora di
cordarmi de la gentilissima donna mia, che di vedere
stei, avegna che alcuno appetito n'avessi già, ma leggiero
rea: onde appare che l'uno detto non è contrario a
ltro.

Questo sonetto ha tre parti: ne la prima comincio a dire
questa donna come lo mio desiderio si volge tutto verso
; ne la seconda dico come l'anima, cioè la ragione, dice
cuore, cioè a lo appetito; ne la terza dico com'e' le ri-
onde. La seconda parte comincia quivi: *L'anima dice*; la
rza quivi: *Ei le risponde*.

> Gentil pensero che parla di vui
>   sen vene a dimorar meco sovente,
>   e ragiona d'amor sì dolcemente,
>   che face consentir lo core in lui.
>   L'anima dice al cor: « Chi è costui,
>   che vene a consolar la nostra mente,
>   ed è la sua vertù tanto possente,
>   ch'altro penser non lascia star con nui? »
> Ei le risponde: « Oi anima pensosa,
>   questi è uno spiritel novo d'amore,
>   che reca innanzi me li suoi desiri;
>   e la sua vita, e tutto 'l suo valore,
>   mosse de li occhi di quella pietosa
>   che si turbava de' nostri martiri ».

XXXIX [XL]. Contra questo avversario de la ragione si
voe un die, quasi ne l'ora de la nona, una forte imagi-
azione in me, che mi parve vedere questa gloriosa Bea-
ice con quelle vestimenta sanguigne co le quali apparve
ima a li occhi miei; e pareami giovane in simile etade in
uale io prima la vidi. Allora cominciai a pensare di lei; e
cordandomi di lei secondo l'ordine del tempo passato, lo
io cuore cominciò dolorosamente a pentere[1] de lo desi-
erio a cui sì vilmente s'avea lasciato possedere alquanti

1 *a pentere*: a pentirsi.

die contra la costanzia de la ragione: e discacciato ques
cotale malvagio desiderio, sì si rivolsero tutti li miei pe
samenti a la loro gentilissima Beatrice. E dico che d'allo
innanzi cominciai a pensare di lei sì con tutto lo verg
gnoso cuore, che li sospiri manifestavano ciò molte volt
però che tutti quasi diceano nel loro uscire quello che n
cuore si ragionava, cioè lo nome di quella gentilissima,
come si partio da noi. E molte volte avvenia che tan
dolore avea in sé alcuno pensero, ch'io dimenticava lui e
dov'io era. Per questo raccendimento de' sospiri si racce
lo sollenato[1] lagrimare in guisa che li miei occhi parear
due cose che disiderassero pur di piangere; e spesso avven
che per lo lungo continuare del pianto, dintorno loro
facea uno colore purpureo, lo quale suole apparire p
alcuno martirio che altri riceva. Onde appare che de
loro vanitade fuoro degnamente guiderdonati;[2] sì c
d'allora innanzi non potero mirare persona che li gua
dasse sì che loro potesse trarre a simile intendiment
Onde io, volendo che cotale desiderio malvagio e va
tentazione paresse distrutto, sì che alcuno dubbio n
potessero inducere le rimate parole ch'io avea dette i
nanzi, propuosi di fare uno sonetto ne lo quale io con
prendesse la sentenzia di questa ragione. E dissi allor
Lasso! per forza di molti sospiri; e dissi « lasso » in quanto r
vergognava di ciò, che li miei occhi aveano così vane
giato.

Questo sonetto non divido, però che assai lo manifesta
sua ragione.

> Lasso! per forza di molti sospiri,
>   che nascon de' penser che son nel core,
>   li occhi son vinti, e non hanno valore
> *4*   di riguardar persona che li miri.
>   E fatti son che paion due disiri
>   di lagrimare e di mostrar dolore,
>   e spesse volte piangon sì, ch'Amore

---

1 *sollenato*: diminuito.   2 *guiderdonati*: ricompensati.
3 *simile intendimento*: impressione, e quindi tentazione.

li 'ncerchia di corona di martìri.
     Questi penseri, e li sospir ch'eo gitto,
       diventan ne lo cor sì angosciosi,
ch'Amor vi tramortisce, sì lien dole;
       però ch'elli hanno in lor li dolorosi
       quel dolce nome di madonna scritto,
e de la morte sua molte parole.

XL [XLI]. Dopo questa tribulazione[1] avvenne, in quello tempo[2] che molta gente va per vedere quella imagine benedetta la quale Iesu Cristo lasciò a noi per essemplo de la sua bellissima figura, la quale vede la mia donna gloriosamente,[3] che alquanti peregrini passavano per una via la quale è quasi mezzo de la cittade ove nacque e vivette e morìo la gentilissima donna. Li quali peregrini andavano, secondo che mi parve, molto pensosi; ond'io, pensando a loro, dissi fra me medesimo: « Questi peregrini mi paiono di lontana parte, e non credo che anche[4] udissero parlare di questa donna, e non ne sanno neente; anzi li loro penseri sono d'altre cose che di queste qui, ché forse pensano de li loro amici lontani, li quali noi non conoscemo ».[5] Poi dicea fra me medesimo: « Io so che s'elli fossero di propinquo paese, in alcuna vista parrebbero turbati passando per lo mezzo de la dolorosa[6] cittade ». Poi dicea a me medesimo: « Se io li potesse tenere alquanto,[7] io li pur farei piangere anzi ch'elli uscissero di questa cittade, però che io direi parole le quali farebbero piangere chiunque le intendesse ». Onde, passati costoro da la mia veduta, propuosi di fare uno sonetto, ne lo quale io manifestasse ciò che io avea detto fra me medesimo; e acciò che più paresse pietoso, propuosi di dire come se io avesse

1 *tribulazione*: la lotta contro la tentazione della « donna gentile ».

2 *in quello tempo*: la settimana santa. Per la *Veronica* v. *Par.* XXXI, 103-104.

3 *gloriosamente*: è la gloria del Paradiso.

4 *non credo che anche*: non credo che mai.

5 *li quali noi non conoscemo*: Dante riprenderà questo pensiero, variandolo, nel famoso inizio del canto VIII del *Purgatorio*: « Era già l'ora... »

6 *dolorosa*: come in lutto per la morte di Beatrice.

7 *potesse tenere alquanto*: « trattenere (anche solo) un poco » (Contini).

parlato a loro; e dissi questo sonetto, lo quale comincia
Deh peregrini che pensosi andate. E dissi « peregrini » second
la larga significazione del vocabulo; ché peregrini si pos
sono intendere in due modi, in uno largo e in uno stretto
in largo, in quanto è peregrino chiunque è fuori de la su
patria; in modo stretto non s'intende peregrino se non ch
va verso la casa di sa' Iacopo[1] o riede.[2] E però è da saper
che in tre modi si chiamano propriamente le genti ch
vanno al servigio de l'Altissimo: chiamansi palmieri i
quanto vanno oltremare,[3] là onde molte volte recano l
palma; chiamansi peregrini in quanto vanno a la casa d
Galizia, però che la sepultura di sa' Iacopo fue più lontan
de la sua patria che d'alcuno altro apostolo; chiaman
romei in quanto vanno a Roma, là ove questi cu' i
chiamo peregrini andavano.

Questo sonetto non divido, però che assai lo manifesta l
sua ragione.

> Deh peregrini che pensosi andate,
>> forse di cosa che non v'è presente,
>> venite voi da sì lontana gente,
> 4   com'a la vista voi ne dimostrate,
>> che non piangete quando voi passate[4]
>> per lo suo mezzo la città dolente,
>> come quelle persone che neente
> 8   par che 'ntendesser la sua gravitate?[5]
> Se voi restate per volerlo audire,
>> certo lo cor de' sospiri[6] mi dice
> 11   che lagrimando n'uscirete pui.
>> Ell'ha perduta la sua beatrice;
>> e le parole ch'om di lei pò dire[7]
> 14   hanno vertù di far piangere altrui.[8]

---

1 *sa' Iacopo*: il santuario di sant'Iacopo di Compostella in Galizia.
2 *riede*: torna.   3 *oltremare*: in Terra Santa.
4 *passate*: attraversate.   5 *gravitate*: dolore, rimpianto.
6 *lo cor de' sospiri*: il cuore pieno d'affanno.
7 *ch'om di lei pò dire*: che si possono dire di lei.
8 *altrui*: gli altri « (ma in lingua moderna non si tradurrebbe)
(Contini).

XLI [XLII]. Poi mandaro due donne gentili a me pregando he io mandasse loro di queste mie parole rimate; onde io, ensando la loro nobilitade, propuosi di mandare loro e di are una cosa nuova,[1] la quale io mandasse a loro con esse, cciò che più onorevolemente adempiesse li loro prieghi. E issi allora uno sonetto, lo quale narra del mio stato, e nanda' lo a loro co lo precedente sonetto accompagnato, e on un altro che comincia: *Venite a intender*.

Lo sonetto lo quale io feci allora, comincia: *Oltre la spera*; quale ha in sé cinque parti. Ne la prima dico ove va lo nio pensero, nominandolo per lo nome d'alcuno suo effetto.[2] Ne la seconda dico perché va là suso, cioè chi lo fa osì andare. Ne la terza dico quello che vide, cioè una lonna onorata là suso; e chiamolo allora « spirito peregrino », acciò che spiritualmente va là suso, e sì come pererino lo quale è fuori de la sua patria, vi stae. Ne la quarta lico come elli la vede tale, cioè in tale qualitade, che io no posso intendere, cioè a dire che lo mio pensero sale ne la ualitade di costei in grado che lo mio intelletto no lo uote comprendere; con ciò sia cosa che lo nostro intelletto 'abbia a quelle benedette anime sì come l'occhio debole a o sole: e ciò dice lo Filosofo[3] nel secondo de la Metafisica. Ne la quinta dico che, avvegna che io non possa intendere à[4] ove lo pensero mi trae, cioè a la sua mirabile qualitade, lmeno intendo questo, cioè che tutto è lo cotale pensare le la mia donna, però ch'io sento lo suo nome spesso nel nio pensero: e nel fine di questa quinta parte dico « donne nie care », a dare ad intendere che sono donne coloro a cui o parlo. La seconda parte comincia quivi: *intelligenza nova*; a terza quivi: *Quand'elli è giunto*; la quarta quivi: *Vedela tal*; a quinta quivi: *So io che parla*. Potrebbesi più sottilmente ncora dividere, e più sottilmente fare intendere; ma uotesi passare con questa divisa, e però non m'intrametto li più dividerlo.

1 *cosa nuova*: un'altra poesia.
2 *suo effetto*: « 'l sospiro » che provoca.
3 *lo Filosofo*: Aristotele, come si è visto (p. 48, nota 6).
4 *intendere là*: spingere fino a quel punto la mia intelligenza.

Oltre la spera che più larga gira[1]
passa 'l sospiro ch'esce del mio core:
intelligenza nova,[2] che l'Amore
4   piangendo mette in lui, pur su[3] lo tira.
       Quand'elli è giunto là dove disira,
       vede una donna, che riceve onore,
       e luce sì, che per lo suo splendore
8   lo peregrino spirito la mira.
       Vedela tal, che quando 'l mi ridice,
       io no lo intendo,[4] sì parla sottile
11   al cor dolente, che lo fa parlare.
       So io che parla di quella gentile,
       però che spesso ricorda Beatrice,
14   sì ch'io lo 'ntendo ben, donne mie care.

XLII [XLIII]. Appresso questo sonetto apparve a me un
mirabile visione, ne la quale io vidi cose che mi fecer
proporre di non dire più di questa benedetta infino a tant
che io potesse più degnamente trattare di lei. E di venire
ciò io studio[5] quanto posso, sì com'ella sae veracemente. S
che, se piacere sarà di colui a cui tutte le cose vivono,[6] ch
la mia vita duri per alquanti anni, io spero di dicer di le
quello che mai non fue detto d'alcuna. E poi piaccia
colui che è sire de la cortesia,[7] che la mia anima se ne poss
gire a vedere la gloria de la sua donna, cioè di quella be
nedetta Beatrice, la quale gloriosamente mira ne la facci
di colui *qui est per omnia secula benedictus*.[8]

1 *la spera che più larga gira*: il cosiddetto « Primo Mobile », secondo
teoria tolemaica; cfr. *Convivio* II, 4.
2 *intelligenza nova*: « nuova intellettiva virtù » (Giuliani), « il nuov
slancio dell'animo » (Russo).
3 *pur su*: sempre più in alto.
4 *io no lo intendo*: Dante, in quanto intelletto mortale, non è in grado
comprendere la qualità divina della donna.
5 *io studio*: cerco, mi sforzo.
6 *colui a cui tutte le cose vivono:* Dio che è causa prima di tutto.
7 *sire de la cortesia*: signore di ogni « cortesia »: da intendere in un sens
alto e complesso, come valore e bene spirituale.
8 In questo breve capitolo finale si legge in genere il proposito
Dante di scrivere un'opera più ampia e degna: la *Commedia*.

INDICE DELLE POESIE

INDICE GENERALE

Finito di stampare il 12 settembre 1989
dalla Garzanti Editore s.p.a., Milano

Periodico settimanale │ 176 │ 11 gennaio 1977

Direttore responsabile Gina Lagorio

Pubblicazione registrata
presso il Tribunale di Milano n. 141 del 17-4-1981

Spedizione in abbonamento postale
Tariffa ridotta editoriale
Autorizzazione n. Z. 280961/3/VE del 9-12-1980
Direzione provinciale P.T. Milano

(USPI) Associata all'Unione Stampa Periodica Italiana